JN030140

「可愛いですか？」

「藤城さん、こっちですよ」
「美味しい」
間宮《まみや》ユリカ
YURIKA MAMIYA
隣の席に移動してきた美人な先輩。酔ったところだってかわいい。

「藤城くん。
私ね、藤城くんのこと
ずっとずっと好きだったよ」
木内《きうち》ミコ
MIKO KIUCHI
藤城の元同級生、彼に恋心を持っている。総務部から広報部へ異動してきた。

ぽんこつかわいい間宮さん2
～社内の美人広報がとなりの席に居座る件～

小狐ミナト

ファンタジア文庫

3218

口絵・本文イラスト　おりょう

目次

ぽんこつかわいい間宮さん2
～社内の美人広報がとなりの席に居座る件～

CONTEN

PONKOTSU KAWAII MAMIYASAN
2

Author: Minato Kogitsune
Illust: Oryo

プロローグ

誰もいない会社の屋上で俺と木内《きうち》さんは2人っきりだ。

木内さんがぐっと俺に詰め寄ってくる。

木内さんの髪から金木犀《きんもくせい》の甘い匂いがして、俺は思わず息を呑《の》んだ。

「藤城《ふじしろ》くんって、間宮《まみや》さんとお付き合いしているの？」

木内さんは不安げに瞳を揺らすと俺の服の裾を摑《つか》んでゆっくりと瞬《まばた》きをした。

唐突すぎる質問に俺は思わず目をそらす。

「ま、間宮さんとはお付き合いとかそういう関係じゃないよ」

「だって、飲み会のあと間宮さんのお家《うち》に行ったんでしょう？」

木内さんは少し涙目だ。

なんで木内さんがそんなこと気にするんだ……？

俺みたいな陰キャに彼女なんているわけないじゃないか。

「送っただけで、付き合うとかそういうのじゃ……」

俺はあの祝勝会の後のこと、間宮さんの部屋での出来事を思い出した。


「藤城さん……すきぃぃ～」

「ま、間宮さんっ」

「もっとお話ししたいれす」

酔っ払い間宮さんに引っ張られて、間宮さんの部屋に入った俺は人生初の女子の部屋にドギマギした。

しかし……、間宮さんは俺を置き去りにしてそのままベッドダイブを決め込むとスヤスヤと眠りだしたのだ。

幸せそうにシャチのぬいぐるみを抱きしめて眠る間宮さんをみながら俺は丸いラグの上に腰を下ろす。

（あぁ、俺は間宮さんの力になれたんだなぁ）

「へへへ、まだ食べられますよぉ……むにゃむにゃ」

（大きい寝言だな）

俺は思わず口角が上がってしまうのを感じた。

「おやすみなさい、間宮さん」

俺は間宮さんを起こさないように立ち上がると静かに部屋をでて鍵をかけてドアのポストに入れ、帰宅した。

そして翌朝……。

「もしもしっ藤城さんっ、昨日は送ってくださったようで……私、何か失礼はありませんでしたかっ⁉」

電話越しで慌てる間宮さん。休日土曜の昼間に電話がかかってきたときはびっくりしたが……。

「お酒をあんなに楽しく飲んだのは初めてで、その……記憶もほとんどなくって……」

とまぁ俺と間宮さんの間には何もなかったわけだ。都合の良《い》いことに間宮さんが記憶を飛ばしていて気まずくもならなそうで結果オーライ！

いや、それが普通なんですけどね！

木内さんは涙目のまま、俺に質問をする。

「もしも……私が間宮さんと同じように酔ってしまったら藤城くんは送ってくれる？」

木内さんのセミロングの髪がふわりと風に揺れる。高校時代からついこの前まで長い黒髪のイメージだったから新鮮だ。イメチェン？　ってやつか。

「そりゃ、歩けないくらい酔ってたらもちろん。でも木内さんはそんなになるまで飲んだりしないっしょ。木内さんは昔からしっかりしてるからさ」

木内さんはなんでもそつなくこなしてしまうし、俺なんかよりもずっとしっかりしている。

一緒に仕事をするようになって、彼女のことをかなり頼りにしている俺がいたりするほどにだ。

「そうだよね、ふふふ。間宮さんったらおっちょこちょいなんだから」

「ほんと、そうだよなぁ」

木内さんはクスッと笑うと俺から少し離れて、一呼吸置いてから言った。

「藤城くん。私ね、藤城くんのことずっとずっと好きだったよ」

「えっ……」

俺は一瞬、時が止まったような感覚になった。でも、目の前の木内さんは優しい笑顔のまま俺を見つめている。

「木内さ……あっ」

その時、ドンと大きな音がして木内さんが遠くの空を見上げた。俺もつられて同じ方向を見る。

「花火、始まったね」

大きな音にかき消されて木内さんの声が聞こえない。赤、緑、黄色。花火は華やかなはずなのに俺は気が気じゃなかった。

木内さんが花火を見上げる横顔を、俺はなんて声をかけようか戸惑ったまま見つめていた。

チームミッション1　ランチミーティングで打ち解けよ！

　俺、藤城悠介《ふじしろゆうすけ》は陰キャな青春時代を過ごした社会人だ。今は社内エンジニアをしながら広報の間宮《まみや》さんのアドバイス係的なことをしている。ピッカピカの社会人一年生。

「藤城さんっ、藤城さんっ」

　で、俺の隣のデスクで子犬のようにかまって光線を出しているのが間宮さんだ。

「どうしました間宮さん」

「フォロワーがついに1万人になったんです！」

「おおっ、ついに大台突破じゃないっすか」

「はい〜！　藤城さんのおかげです！」

　間宮さん、今日はノースリーブの爽やかなブラウスに夏っぽくビビッドイエローのスカートが眩《まぶ》しい。麦わら帽子とか似合いそう。

「いえ、間宮さんの努力のたまものですよ」

　数ヶ月前に俺の隣の席にやってきた間宮さんは広報クビ寸前で出された、社長からの社内SNSフォロワー増加ミッションを達成した経緯がある。

間宮さんが広報を続けられることになってから俺はほとんどアドバイスなんかはしていない。最初は何にもわからなかった間宮さんだが今ぐいぐいと成長している。写真の画角とかそういう相談はいくつか受けたけど、企画はほとんどが間宮さんが考え出したものだ。

「藤城さんが隣に座っていてくれるから……私頑張れるんですっ！」

にへっと笑った間宮さんはPCに向き合うと鼻歌を歌いながら仕事を始める。

「間宮さん、今日は朝早いっすね」

「はいっ、今日は取材がいくつかあるのでその下準備ですっ」

目をキラッキラさせて間宮さんがPCの画面を見せてくれる。

（まぁ知ってたんですけどね）

俺は間宮さんが朝早く出社するのをわかっていて合わせて出社したのだ。

というのも俺＝偽物《にせもの》さんじゃないと立証するための計画だ。この後7時ぴったりに偽物さんが投稿するようにセットしてきたのだ。

偽物さんというのは俺の料理投稿アカウントで間宮さんはファンのようだが、その正体が俺だと疑われているかもしれないのだ。

偽物さんが投稿する時間、俺は間宮さんの隣で仕事をしている。そうすれば、俺への疑念も薄れるだろう。予約投稿だからあんまり意味はないかもだけど。

「おぉっ、PR会社とのお仕事ですね」

俺は知らないふりをしてとぼけてみせる。

「はいっ。私、ついに会社の紹介記事やプレスリリースのお仕事ができるんですっ」

プレスリリースってのはメディア向けに会社の新しいサービスや事業に関して発表することで、広報の中でも結構重要な仕事である。

なお、俺はまったくのちんぷんかんぷんでプレスリリースに関しては俺より間宮さんの方が詳しい。

「頑張ってくださいね」

「はいっ、よぉし！　頑張るぞ！」

と間宮さんはデスクに置いてあったエナドリを引っ掴むとごくごくと喉に流し込み、

「わっ」

と手を離した。

それもそのはず、そのエナドリ……俺の飲みかけだし。

「ご、ごめんなさいっ。飲んじゃいました！」

間宮さんは真っ赤になりながら空になった缶を俺に押し付けてくる。

と思ったら今度はピンク色の唇を「はっ」と言いながらおさえて真っ赤になる間宮さん。

「だ、大丈夫っすよ。ほ、ほら俺また買ってくるんで！」

俺も慌ててよくわからんフォロー。

「ふ、藤城さんと……間接キス……」

間宮さんは「あわわわわ」と言いながら恥ずかしそうに顔を隠し、

「はっ、初めてなのに～」

と机に伏せて足をバタバタ。1人で盛り上がる間宮さんに置いてけぼりを食《く》う俺。朝7時数分前の誰もいないオフィス。

「間宮さん……？」

「藤城さん、私のコーヒー飲んでくださいっ！」

「え？」

間宮さんは何を思ったのかイルカのマグカップに入った飲みかけのコーヒーを俺に渡してくる。

「私だけ間接キスしちゃったんです！　藤城さんもしてくださいっ」

「え、ええ……どういうことなんですか間宮さん」

イルカのマグカップを持って俺に詰め寄る間宮さん。間宮さんが前かがみになってさらに近寄ってくる。俺の椅子と間宮さんの椅子がガンとぶつかっても、間宮さんはおかまいなしだ。

「私だけ間接キスしたんですっ、そんなのずるいじゃないですかっ。ほら藤城さんもっ！」

わけがわからねぇ！　なにがずるいんだ。

けど間宮さんの顔がいい……。

俺は顔の前にせまったイルカのマグカップを受け取るとほんのちょっとだけ飲んだ。きっとすごくドキドキするシチュエーションのはずなのに全然ドキドキしない。

「よし」

間宮さんはなぜか満足げに頷《うなず》くと「全部飲んでいいですよ！」とさらにマグカップを押し付けてくる。

間宮さんの謎に押しの強い表情と上目遣いに俺は思わず目をそらした。

「いや、でも」

「先輩の命令ですよ～」

「えぇ～」

「私のコーヒーが飲めないっていうんですかっ」

間宮さんはちょっと頬を膨らませて可愛《かわい》く怒ったような表情になる。

THE理不尽！

マグカップを持ったまま困惑する俺の手をマグカップごと包むように間宮さんが手を添える。ちょっと前かがみになっているからか視界に自然と胸元がチラリ。

俺は思わず目を背ける。

「心を込めて淹《い》れたんです。ねっ、飲んでくださいね」

間宮さんは必殺笑顔の後にぱっと手を離すと「お仕事、お仕事～♪」と再びPCに向き直った。

俺は間宮さんの甘々コーヒーをぐいっと飲み干してデスクに置いた。ああ、間接キス……。

ピロン。

間宮さんのスマホの通知音がなる。そうか、7時になったか。

間宮さんはスマホをみて「かぁっこいい～」と蕩《とろ》けたような表情になる。嬉《うれ》しいようなこそばゆいような気持ちで俺はとぼけて、

「どうかしました？」

と声をかけた。

「偽物さんが久々の更新だったんです！　ほら、美味《おい》しそうな朝食ですね。おうどん！

わぁ、素敵だなぁ。偽物さんと一緒に暮らせたら私太っちゃうなぁ」

間宮さんは恋する乙女という言葉がぴったりな様子でぽわぽわと空を眺めた。

「ライク……5億回押したいよぉ～」

「美味しそうですね、うどんか」

俺はわざと新鮮な反応のふりをして間宮さんに答える。

「藤城さんっ、今度このレシピのおうどん食べたいです！」

「?!」

バレた……か？

俺はさっきの間接キスよりもドキドキして冷や汗が出る。なんか間宮さんが知っている
ものが写っていたとか……？

「ハンバーグの次はおうどんですねっ、藤城さんお料理上手だから……」

「え？　俺が作るんす？」

「いいえっ、一緒に作りたいです」

「あはは～、機会があればっすね」

間宮さんは俺の返事が納得いかなかったのか口を尖《とが》らせる。怒らせちゃったのかな

……？

「おはようっと。あれ、今日は僕が一番じゃないようだね。お２人さん今日も元気だねえ」

穏やかな声は三島《みしま》部長だ。あぁ、本当にこの上司はいいところに現れてくれる。感謝感謝。

「三島部長、おはようございますっ」

「ざいます」

「間宮くん、藤城くん。今日はいいお知らせがあるよ」

三島部長は古臭いバッグからＰＣを取り出しながらやけに嬉しそうに言った。

「朝会が終わった後、会議室でちょっと報告があるからね」

俺と間宮さんは顔を見合わせた。

◆

会議室には三島部長を中心に、俺と間宮さんそして木内《きうち》さんが座っている。これからどんな話が聞けるのだろうかと間宮さんはそわそわした様子だ。

一方で木内さんは暗い表情のまま。

「間宮くんと藤城くんの頑張りのおかげで我が社の広報部が評価されてねぇ。間宮くんを中心に簡易的なチームを組むことになったよ」

三島部長がホワイトボードに俺と間宮さんと木内さんの名前を書いた。

「藤城くんは今まで通り知識を活《い》かして間宮くんと木内くんのアドバイザーと開発部の仕事を兼任。う～ん、新卒３ヶ月で大抜擢《だいばってき》！　査定が楽しみだねぇ」

三島部長は俺の名前の下に「サポートと開発の兼任を引き続き」と書く。

「間宮くんはこのチームの中心のアイコンとなる。引き続き会社の顔として頑張ってもらうよ」

間宮さんの名前の下には「広報メイン」と書かれる。

「そして、木内くん。木内くんは総務部から広報部へ異動。間宮くんのサポートをしながら木内くんにもたくさんアイデアを出してほしいなぁ。まずは事務作業やスケジュール調整なんかをやってみるところからかなぁ」

木内さんは消え入るような声で「はい」と返事をする。

「そして、このチームは仮のチームだからね。夏が終わるまでに一つ以上の企画を成功させて社内アカウントのフォロワーを２万人まで増やせなければ解散。う～ん、社長は相変わらず厳しいねぇ」

企画って言っても企画会議をする上司がいないんですが……？

俺がそれとなくやれってこと……？

まったく、社長のテキトーさ加減にはちょっと驚くなぁ。まぁ、ちょっとゆるいところがこの会社の居心地の良《い》いところではあるんだけどな。

「企画の成功って具体的にはどういうことですかね？」

俺の質問に三島部長が優しい笑顔になる。

「鋭いねぇ、会社としては会社のＳＮＳを見てウチの会社に仕事を頼みたいと思わせることだね」

間宮さんが首をひねる。

「つまり、クライアントを獲得しろ……と？」

「藤城くんの言う通りだねぇ」

三島部長は俺たち３人の顔をじっくり見る。優しい笑顔だが目の奥は真剣だ。

なぜなら、以前のミッションよりもはるかに難易度が高い。クライアントを獲得するのなんて広報ではなく営業の仕事だ。

どうする、藤城。

「間宮くん、間宮くんが一番先輩だからね。２人をしっかり引っ張るようにね」

三島部長はニコニコしながら孫でもあやすように俺たちに言って、「雪村《ゆきむら》くんは今まで通り開発部のアルバイトだけどまぁうん、藤城くんに頼むよ」と雑な指示を出す。

間宮さんは「私が、一番お姉さんっ」とやる気に満《み》ち溢《あふ》れた様子で必死にメモを取っていた。

でも俺が気になるのは木内さん。浮かない表情のままだ。

髪を切ったのか頭の後ろのお団子が少し小さくなっている気がする。何かあったんだろうか。いや、最近の流行《はや》りはセミロング……とか？

こうしてみると高校時代の髪型と似ているからか俺は少しだけ懐《なつ》かしい気持ちになった。

「じゃあ、戻ったら木内くんは席を藤城くんの隣に移動するようにね。あっ、藤城くん、ついでに一服どうだね」

俺は三島部長の笑顔の奥にちょっと何かを察して「うす」と返事をする。

「藤城さん、私がＰＣをデスクまで運んであげますよっ」

「あっ、ありがとうございます」

間宮さんは俺のノートＰＣを取り上げると颯爽《さっそう》と会議室を出て行く。木内さんも間宮さんに続くように出て行ってしまった。

「三島部長……」

「ちょっと喫煙室で話そうかね」

喫煙室でタバコに火をつけて、三島部長は柔らかい笑顔のまま、

「木内くんのことだけどね」

と口火を切った。

「異動がいやだ……とかそういうのっすかね？」

「いや、木内くんはあまり総務部で打ち解けてなかったようでね。仕事ができるのはいいことなんだけれど、できない人に冷たくしてしまう態度のせいであまり評価がよくないんだよ」

木内さんは新卒にして「氷の女王」と恐れられている存在である。経費の締め切りや社内のルールを守っていない社員にかなり冷たく当たるので彼女を怖がっている人が多い。

ちなみに開発部でも俺と三島部長以外は木内さんに何かをお願いするのが怖いと感じている奴《やつ》らが多かったりする。

（俺も彼女が同級生の柏木《かしわぎ》さんだとわかるまではちょっと怖かった）

「それに、総務部のお姉さま方と馬があわないようでねぇ」

あぁ、総務部は結構年齢層が高いお姉さまたちが仕切っている。悪い人たちではないが

木内さんの生真面目さは生意気に取られてしまったのかもしれない。

「それで広報部……に？」

「間宮くんの活躍には社長も大層期待していてね。人員増加をかねて木内くんをメンバーに入れるってわけだよ。間宮くんなら生真面目な木内くんとでも上手《うま》くやれるだろうしねぇ」

それはそうかもしれない。

間宮さんはとにかくコミュ力がハンパない。そして素直だし、ネガティブな感情を人にぶつけたりするような人でもない。

なんなら「後輩ができたっ」と喜んで空回りしていると思う。

「じゃあチームを解散するとかってのはどういう……？」

三島部長はふぅと煙を吐くと、

「藤城くんは本当に勘の鋭い子だねぇ」

と苦笑いした。

「社長は木内くんを完全リモート勤務のデータ入力係にすることを提案していてね。コミュニケーションが苦手な子にはそれがいいだろうってね。けど、僕は藤城くんたちと楽しそうにお茶する木内くんを見たら、そうじゃないんじゃないかって思ったんだよ」

「三島部長が？」

「みんなには楽しく働いてほしいからねぇ」

タバコの火を消して、三島部長は「頼んだよ、うちのホープ」と俺の肩をポンと叩《たた》くと先に喫煙室を出て行った。

三島部長はあんな風に言ってたけど、木内さんは広報部の仕事をやりたいんだろうか？

俺だったら完全リモートの仕事超ウェルカムなんだけど……。

◆

デスクに戻ると間宮さんがウッキウキで木内さんの移動を手伝っていた。木内さんは申し訳なさそうに間宮さんと一緒にモニターを運んでいる。

「木内さんっ、わからないことは私に聞いてくださいねっ」

「あ、ありがとうございます」

「藤城さんっ、藤城さんは真ん中ですよ～」

俺は木内さんと間宮さんの間の席だ。どうしよう、全く落ち着かない。ちなみに向かい側はまだ出勤していないがヒナちゃんだ。

「藤城くん、よろしくね」

木内さんがモニターを置くと小さく言った。どことなく元気がない。

「よろしく、木内さん」

木内さんと目が合う。木内さんは少し眉を下げると困ったように笑った。

「藤城くんの隣なら少し安心できるかな」

俺にしか聞こえないような声で木内さんが言うので、俺は胸がぎゅっと締め付けられるような思いだった。

そんなに総務部での仕事は辛《つら》かったのか……。それなのに間宮さんのために仕事を手伝ってくれてたんだな。

「それは俺も嬉《うれ》しいな」

木内さんが少し赤くなる。

「あのね、さっき間宮さんと話してたんだけど……」

木内さんが何やらPCに向かっていた間宮さんに声をかける。

「チーム初めての企画は……じゃじゃ～ん！　ランチミーティングですっ！」

間宮さんがフンスッと鼻息を鳴らすと胸を張った。

「ランチミーティングっすか？」

「はいっ、木内さんが仲間入りしましたし……ふふふっ今後の方向性とかそういうのはコミュニケーションが大事だって思うんですっ」

間宮さんはニマニマしながら「何食べよおかなぁ」とルンルンしているが……。

ここは木内さんの好きなものを食べに行くべきじゃ？

「木内さんはなんか食べたいもんある？」

俺の掛け声に間宮さんは「はっ」と驚き、

「確かに、今日は木内さんようこその会ですもんねっ、木内さんどんなご飯が好きですかっ？」

間宮さんが木内さんの方を向いてキラキラと目を輝かせる。

木内さんはさらに真っ赤になると困ったように俺を見上げてくる。特に木内さん的に食べたいものがなかったとか？

まごまごする木内さんに俺が声をかける。

「なんでもいいと思う。俺と間宮さんが初めてランチ行った時は焼肉だったし」

焼肉の言葉に反応したのは間宮さんだった。

「焼肉っ？」

木内さんがふふっと吹き出すと間宮さんのお腹《なか》がぐるると大きく鳴った。

「焼肉に大盛りご飯最高でしたねぇ～」

「じゃあ私、定食屋さんに行きたいな。みんな好きなものを食べられるし。間宮さん、午後は取材があるっておっしゃってたから……匂いが気にならないのがいいかなって」

木内さんの気遣いに間宮さんがうるうると目を潤ませる。

「私、近くの定食屋さんに予約のお電話しますねっ」

間宮さん、それは後輩の仕事……と言う暇もなく間宮さんは電話機を掴《つか》んで耳に当てる。

「藤城くん、ありがとう」

木内さんが俺に小さく言うと不安そうに、

「私、みんなの役に立てるかわからないけど……頑張るね」

と自信なさげな表情をする。三島部長の言う通り、総務部で仕事ができていたにもかかわらず人間関係で外されたのにはかなりこたえているらしい。

「大丈夫、ちょっと騒がしいけどきっと楽しいと思うよ」

木内さんが俺越しに間宮さんを見て「大丈夫かな」と首を傾《かし》げる。間宮さんは、

「えっと、30分後に大人3人で予約を……、はいっ、左様でございまする！」

武士かっ！

俺は木内さんと顔を見合わせてぷぷっと吹き出した。間宮さん、地味に仕事で予約電話するのは初めてだったらしい。

(最近はほとんどメールかチャットだもんなぁ)

てんぱっているのか間宮さんが話す敬語が崩壊して武士のようになっていてちょっと面白い。

「撮影するのは料理のみでございます！　はいっ、予約名は間宮と申する！」

やっぱ間宮さん、正式に後輩ができて絶賛空回り中だな。

「藤城さんっ、木内さんっ、任務完了ですっ」

間宮さんは小さく敬礼をするとポーチを持って化粧室の方へ小走りして行った。なんて慌ただしい。けど、こんくらいの方が落ち込んでいそうな木内さんにとってはいいのかも。

ちなみに、ヒナちゃんが出勤してくるともっとうるさくなるぞ。

「間宮さんってすごいな……優しくて可愛《かわい》くて頑張り屋さんで」

「あの人は根っからの陽キャだからなぁ、俺とは住む世界が違うっていつも思うよ」

「そう？　藤城くんもすごいよ」

「そ、そうかな？」

「うん、高校時代からそう思ってた」

「そんな昔から？　なんか照れるなぁ」

よくわかんないけど褒められて嬉しい。ちょっと恥ずかしくて後頭部がかゆくなった。

「そうだ、今度お仕事の話も兼ねて夜ゲームでもどう？」

木内さんから嬉しいお誘いだ。

「そういえば今週末大型アプデがあるから久々に参戦しますか」

木内さんが「うん」と頷いた。

「間宮さん、遅いね」

木内さんが少しだけ心配そうに化粧室の方を見た。確かに、ちょっと遅い。

「私、ちょっと様子見てくるね」

「うん、準備だけしとくわ」

「ありがと、藤城くん」

木内さんはＰＣを閉じると化粧室の方へと向かった。間宮さん、やばいポカしてないといいんだけど……。

木内さんが化粧室に入って数分後。

間宮さんと木内さんが同時に戻ってくると、何やら様子がおかしかった。間宮さんは顔を真っ赤にして眉間にシワを寄せて怒ったようにぎゅっと拳を作っている。

これでもかというくらい腕に力が入っていて、ギリギリと音がしそうなくらいだ。

その横で、木内さんは困ったように眉を下げながら間宮さんの肩をさすっていた。

「ど、どうしたんすか……?」

間宮さんは唇を噛《か》み、静かに息を整えると、

「私、怒りました」

と言った。

「間宮さん、もういいですから」

木内さんが俺に困ったように目配せをする。俺も間宮さんのこんな表情を見るのは初めてで、どうしていいかわからない。

「ど、どうしたんすか?」

俺が理由を聞こうとした時、化粧室から足早に出てきた女性が2人。間宮さんと木内さんをちらっと見ると気まずそうにオフィスの奥へと彼女たちは消えていった。

「藤城さんっ、私……」

「間宮さん、私なら大丈夫ですから」

木内さんが間宮さんの言葉を遮ってやけに気丈に振る舞うと、お財布を持って言った。

「ランチの予約、遅れちゃいますよ！」

木内さんは俺にもう一度目配せをする。多分、あの女子の化粧室で木内さんが触れてほしくない何かがあって、それのせいで間宮さんが怒っているのだろう。

「と、とにかく。間宮さん、ランチ！　行きましょう」

俺は間宮さんのバッグを手に取ると間宮さんに押し付け、木内さんとともに半ば強引にオフィスを出た。


会社から少し歩いた場所にある落ち着いた定食屋のボックス席。写真撮影をするので一番端っこの場所にしてもらって本来ならワクワクのメニュー選びをするはずが、間宮さんは黙ったままだ。

あの化粧室で何があったのか俺にはわからない。困った。

「おすすめは日替わりランチ定食っすね～、俺は唐揚げかな」

「私はお魚の定食にしようかな」

木内さんと俺が隣に座り、間宮さんが向かい側に座っている。

間宮さんは険しい表情のまま悔しそうに唇を噛んでいた。

「ま……間宮さん？」

「日替わりランチにします」

間宮さん、様子がおかしい。

「すみません、注文お願いします！」

木内さんが店員さんに注文をして、どんよりとした空気が流れた。困った顔の木内さんと悔しそうな間宮さん。

「あの～、何があったんすか？」

俺の言葉に間宮さんが顔を上げると木内さんを見た。木内さんは黙ったまま諦めたような悲しい表情で首を横に振る。

「木内さん、絶対に……絶対に見返してやりましょう！」

バンッと勢いよく立ち上がった間宮さんは前のめりになると木内さんの両手を掴んでぎゅっと握った。

「絶対に絶対に！　私がもうあんなこと言わせないようにしてみせますっ！　藤城さんがいるんです。ミッションを成功させてもうあんなこと言えないくらい輝きましょうっ！」

闘志がメラメラと燃える間宮さんの目に木内さんは若干の戸惑いを見せつつも「はいっ」と首を縦に振った。

とそこに料理がやってきた。

俺は大きな唐揚げが四つ載った唐揚げ定食。木内さんはアジの干物定食。日替わりランチを頼んだ間宮さんには夏野菜の天ぷら定食が運ばれた。

「わぁ……。お２人ともお写真だけお願いしますっ」

俺たちは店に迷惑をかけないようにささっと写真を撮ると手を合わせた。

「いただきま～す！」

古き良き醤油《しょうゆ》と生姜《しょうが》の唐揚げは最高に熱くてうまい。ザクザクの衣にじんわり染《し》みたポン酢が食欲をそそる。

間宮さんはさっと髪をポニーテールにすると天ぷらを大きな口で一口。

「あつっ、はふっ」

熱々のエビ天を半分くらいまで口に突っ込んだ間宮さんは熱くてハフハフ言いながら水に手を伸ばす。

「間宮さん、お水どうぞ」

すかさず木内さんがアシスト。間宮さんは無事冷たい水でなんとか生き返る。

「ふぅふぅするのを忘れました、えへへ～」

間宮さんは1人だけ大盛りのご飯をぱくっと食べると満足げにもぐもぐ。

一方で木内さんはとても綺麗《きれい》に干物を食べていた。

醤油をだばっとかけているところはマジで最高。

「間宮さん、ご飯もいいっすけど本題、本題」

俺の言葉に間宮さんは「はっ！」と驚いて箸を置いた。そしてごくんと飲み込む。

「木内さん、ようこそ！」

間宮さんはとびっきりの笑顔で木内さんに向かって言った。木内さんの方はびっくりしたような顔で間宮さんを見つめている。

「えっ……」

「私、こんなにも早く後輩ちゃんができてすっごく嬉《うれ》しいんですっ！　たくさんお姉さんを頼ってくださいね！　もちろん、藤城さんも私を頼っていいですよ！」

あまりにもまっすぐな目に、木内さんはみるみるうちに真っ赤になる。

「ご迷惑かけることはしないようにします」

木内さんは、照れ隠しか少しクールな物言いをすると小さく息を吐《つ》いて箸を置いた。

ガタッ。

（えっ）

木内さんの手がテーブルの下で俺の手に重なり、思わず俺は肩をビクつかせる。木内さんも同じように体をビクつかせると「ごめん」と手を引いた。

「どうかしました？」

間宮さんが子犬のように首を傾《かし》げる。

「いえ！　何も」

「いえ！　何も！」

俺と木内さんがハモる。

間宮さんの顔が「むぅ」と膨れると、

「あ、怪しい……」

と疑惑の目線に。いや、なんで間宮さんに疑われんてんだっ！

「もしかして、お2人ってそういうご関係だった……とか？」

間宮さんが口を尖《とが》らせて俺と木内さんを交互に見る。なんか浮気《うわき》調査を受けてるみたいだ。

「木内さんと俺はただの高校の同級生ですよ？」

「そうです。それも半年ほどしか同じクラスじゃなかったですし」

木内さんは水を飲むと冷静に間宮さんに伝える。だが、テーブルの下の手が震えていた。

「間宮さん、俺は生まれてからずっと彼女なんていない陰キャっすよ」

「私も……男性とは縁のない人生を送ってますし……」

木内さんと俺が同じような言い訳をする。言い訳？　いや、言い訳ってなんだよ！

「むぅ……」

間宮さん、ちょっとしょんぼりすると頬を膨らませる。

「いいな、いいな。私も高校生の時に藤城さんがいたらなぁ～」

「デザートをお持ちしてよろしいですか？」

ちょうど良《い》いタイミングで店員さんが声をかけてくれた。定食のデザートは種類関係なくすべてわらび餅だったはず。

「おねがいしますっ」

間宮さん、さっきまで謎に落ち込んでいたのに目をキラキラさせて俺たちに、

「ワクワクしますねっ」

と最強笑顔。ころころ変わる間宮さんの表情に木内さんの表情もほころんだ。

「私、和菓子好きです」

「和菓子はヘルシーだし最近カメグラでも流行《はや》ってるよね」

木内さんは俺の言葉に嬉しそうに頷《うなず》く。

「そうなんですか？」

間宮さんも和菓子に興味津々《きょうみしんしん》だ。

「はい、ここのお店のわらび餅もちょっと前に話題になっていたと思います。レトロなところがエモいって……」

店員さんが持ってきてくれたわらび餅に俺たちは「おぉ」と歓声をあげた。

真っ赤な漆塗りの小さなお皿にのっかった透明プルプルのわらび餅。きな粉と黒蜜は小さな器《うつわ》に入っている。自分で味付けできるのって最高だよな。

「ぷるっぷるですね、わぁ～」

間宮さんが目を輝かせてわらび餅を眺める。

「藤城さんっ、動画にしたいです」

「じゃあ、俺が撮りますね」

俺は間宮さんのスマホを受け取って動画を回す。間宮さんの手元とわらび餅をいい画角で映す。最高に映《ば》える角度で間宮さんが透明なわらび餅にトロトロした黒蜜を垂らしていく。

透明なわらび餅がしっとり茶色の蜜をまとってテカテカと光る。その余韻もなくきな粉がふわっとかかってとても香ばしい匂いで俺は思わず喉を鳴らした。

「よしっ、撮れましたよ」

「早く食べましょ、さっ木内さんもっ」

木内さんがパクッとわらび餅を口にする。

もぐもぐする間もなく木内さんの表情がふわっと柔らかくなり、キリッとした目が三日月形に細くなった。

「と、とろける……すごく、美味《おい》しい」

木内さんは頬に手を当ててうっとりした様子で目を閉じた。

「はむっ」

間宮さんも一口。

「とろける〜、甘々でおいひいですっ」

俺も食べてみる。うん、安定のうまさ。定食のデザートで出るレベルじゃないくらいに美味しい。

結構賑《にぎ》わうから１人では入りにくかったけど、おひとりさまも多いしまた今度ゆっくり来ようかな。

「木内さん、絶対に企画を成功させましょ！」

間宮さんが、闘志に満ち溢《あふ》れた目で顔の前でファイティングポーズをとる。かわいいが口の端《はし》に黒蜜がついていてバカっぽい。

「何かあったんすか……？」

「実はですね……、さっきお化粧室で色々とありまして」

間宮さんが真剣な顔になる。それと同時にテーブルの下で木内さんの手が震えているのがわかった。

「木内さんを総務の方たちが悪く言っていたんです。私、それが許せなくって、その……喧嘩《けんか》になってしまって」

──喧嘩⁈

「間宮さん、喧嘩したんすか。木内さん、マジ？」

木内さんはコクンと頷く。

「それに……、広報のことお遊びだって言われたんです！」

間宮さんはずずっと洟《はな》をすすると「だから見返すんです」と再び力強い目になる。

「間宮さん、それはそうと大丈夫ですか？」

木内さんが冷静にスマホを見ながら言った。

「ん？　大丈夫ですっ！　あっ、ほっぺに黒蜜が」

間宮さんは恥ずかしそうにナプキンで口元を拭うとにへへと優しく微笑《ほほえ》む。

「いえ、そうじゃなくて」

木内さんがスマホの画面を間宮さんに見せる。

すると間宮さんの顔がみるみるうちに青くなる。

「あと10分で取材開始ってスケジュールに……」

「藤城さんっ！　領収書もらってくださいね！」

間宮さんは嵐のように店を出て行ってしまった。テーブルに残された伝票と可愛《かわい》いピンク色の腕時計。

「間宮さん、忘れてる」

木内さんが腕時計を手に取ると言った。

「間宮さんを見ていると元気が出るね」

「木内さんは大丈夫？」

「へっ？」

「木内さん、総務で色々とあったんでしょ。それにほら……いきなり広報で企画なんて言われても困るよなぁ〜、俺も数ヶ月前そうだったし」

「藤城くん……」

木内さんは俯《うつむ》いてしまう。そんなことがあれば精神にくるよな。俺ならやめてる。多分だけど。

「木内さん的にはどんな仕事がしてみたい～とかある？」

「広報部の中で？」

木内さんはう～んと少し悩んでから、

「藤城くんの……力になりたいな」

と困ったように言った。

それって広報部の仕事で木内さんがやりたいと思っていることはない……ってことだよな……？

木内さんは温かいお茶を飲むとため息をついた。

「参謀……とか？　なんか厨二病《ちゅうにびょう》っぽいけど」

俺の提案に木内さんがぷぷっと吹き出した。

「なんか藤城くん、高校生の時と全然変わってないね」

「んなっ、俺本気だよ？」

「昔もそうやって明るく励ましてくれたよね。でも参謀ってなんか悪いおじさんのイメージだなぁ」

「確かにゲームとかアニメだと参謀っていかついおっさんだったわ」

「私、おじさん？」

「木内さんおじさんキャラ選びがちだけどね」

「うっ……それは確かにそうかも。おじさんは置いておいて、参謀って裏から操る的なあれだよね？」

「そうそう、偽物さんも初期は木内さんのリクエストがほとんどだったし……参謀の才能あるかもしれん」

木内さんはやっと安心した表情で笑うと、

「なんか元気でたかも。ちょっと頑張ってみようかな」

と上目遣いで首を傾げた。間宮さんがいる時には見せない表情に俺はちょっとドギマギしてしまう。

「頑張ろう」

俺たちは会計をして店を出た。日差しが強くてジリジリする。

「私ね、総務部を外されたことはすごく悔しかったけど……実は藤城くんと一緒に仕事できるのすごく嬉《うれ》しいんだ。正直、間宮さんのこといいなって羨ましかったから」

木内さんがめっちゃ小さい声で言った。

な、なんか木内さんの様子がさっきからおかしい。こ、こんなキャラだったたっけ？

「なんか俺も燃えてきたかも！」

「ふ、藤城くん？」

「木内さん企画で総務の人たちをぎゃふんと言わせてやろうぜ！」

「うんっ」

木内さんがやっと笑顔になると俺の横に並ぼうとして小走りになった。

「あっ」

木内さんはつまずいて、バランスを崩す。俺はとっさに手を差し出して木内さんの体を受け止めるように……、

——ドンッ。

ぎゅっと体を締め付ける柔らかい感触、ふわっと香った金木犀《きんもくせい》。目の前にはドアップの木内さん。転ばなくて済んだが自然と抱き合うような形になってしまう。

不可抗力で当たる胸の柔らかい感触に目を背けて、俺は自信なさげに、

「大丈夫……？」

と声をかける。

「ご、ごめんっ」

木内さんはぱっと俺から離れると真っ赤になって顔を隠した。

「はっ、早く戻らないと休憩時間終わっちゃう」

木内さんは俺より先をずんずんと歩いて行ってしまった。

フォロワー数　１０５００人

幕間《まくあい》1

なんて運命って残酷なんだろう？

藤城《ふじしろ》くんのことは諦めたはずなのに、私は運命のいたずらで今、大好きな人の隣の席に座っています。

「間宮《まみや》さん、遅いね」

「私、ちょっと様子見てくるね」

「うん、準備だけしとくわ」

「ありがと、藤城くん」

学生時代に夢にまで見た好きな人の隣の席。

でも、今回はなんかちょっと複雑でほろ苦い。でもせめて、大好きな人には幸せになってほしいし、笑顔の藤城くんを近くで見られるだけ幸せだよね。

私は間宮さんを呼びに化粧室へ入ろうとしたが声がして足を止める。

「そんなことありません！」

聞こえてきた声はいつもの間宮さんの様子とは少し違ったものだった。こっそり覗《のぞ》いてみればそこには総務の先輩２人と間宮さんがいた。

「あなただってお荷物を押し付けられて大変ね」

「そんな風に思っていません！」

「あの子、ろくに挨拶もできないのよ？　外様《そとさま》に向けた広報だなんて社長もいじわるよ、ねぇ～」

総務の先輩たちは馬鹿にしたように顔を見合わせて笑った。

この人たちは他人の悪口を言うことくらいしか楽しみのない人たちなのだ。それは総務部にいて最初に学んだこと。

でも悔しいけど、この人たちの言う通りだ。

私はこの会社に入って同期とも先輩とも仲良くできたことなんてなかった。高校でも大学でもひとりぼっちだった私は人との関わり方なんて知らなかった。

（社会人として失格だよね……）

「そんなことありません！　木内《きうち》さんは私にすっごく優しくしてくれたし、しっかりしてとても心強いです」

間宮さんはガブリと猫が噛《か》み付《つ》くみたいに言い返しているが、手が震えている。

私のことなんてかばわなくていいのに。

「あら、そうなの？　会社中で氷の女王なんて言われて毛嫌いされているのよ？　まぁちょっと顔とスタイルがいいからってちやほやする男もいるみたいだけど」

そう言われないようにできるだけ地味に、胸だって大きく見えないようにしているのに……。

「木内さんは……そんなんじゃありませんっ」

間宮さんは正面から先輩たちに言い返した。

私のことをかばってくれる人なんて初めてで私はちょっと嬉しかった。間宮さんってすごく素敵な人なんだな。

「あら、でも広報ってケーキ食べたり写真を載せたり楽な仕事でしょうし、いいのかもねぇ？　あなた、社長のお気に入りでしょ？」

「そんなっ、違います！　一生懸命お仕事頑張って……」

「ふ〜ん、じゃあの藤城って子が社長のコネかなにか？」

「違います！　藤城さんはそんな人じゃありませんっ！　コネなんかなくてもすごい人です！」

「あらそう将来有望なのね。あなたとあの藤城くんって子いい雰囲気じゃない？　いいわねぇ、若い子は結婚しちゃえば安泰だものねぇ」

「ふ、藤城さんと私はお付き合いしているわけじゃ……」

（間宮さんと藤城くん、お付き合いしてないんだ）

私は一瞬だけ思考が止まって、今まで諦めてしまっていた気持ちが出てくるのがわかった。藤城くんはまだ誰ともお付き合いしてないんだ……。

「あら、じゃあ後輩に色目つかってるの？　や～ね～」

間宮さんが黙ってしまう。あぁ、どうしよう間宮さんを助けなきゃ。

総務の先輩たちはきっと間宮さんに嫉妬してるんだ。若さも美しさも性格の良さも全てが完璧な間宮さんを前にしてあの先輩たちは「嫉妬」でしか攻撃ができないんだ。

だからここは逃げるが勝ち、この人たちと関わらせちゃだめ。

「間宮さん」

私は声をかける。何も聞かなかったようにけろっとした表情でだ。総務の先輩たちが笑顔を歪《ゆが》ませた。

「木内さん……その」

振り返った間宮さんは怒っているのに涙をたっぷりうかべた不思議な表情だった。

「藤城くん、待ちくたびれちゃいますよ。ほら、行きましょう」

間宮さんはすごく眩《まぶ》しい人だと思った。太陽みたいに明るくって誰にだって優しい。正義の味方みたいな人だ。

あぁ、間宮さんには勝てっこないや。

心のどこかで間宮さんの欠点を探していた私が馬鹿らしくなった。

「私は、大丈夫ですから。ねっ、間宮さん行きましょう」

間宮さんの細くて白くて温かい手を握って私は化粧室を出た。


ランチに向かう途中、藤城くんの横顔を見た。

まだ私にもチャンスは残ってたみたい。高校生の時みたいに後悔をしないように……絶対に想いを伝えなきゃ。

優しくってちょっとだけ自信なさげな表情。変わらないな、好きだな。

お付き合いしてなかったとしても藤城くん、きっと間宮さんのことが好きだよね。だって、あんなにまっすぐで……私だって間宮さんが素敵だと思う。

私がアピールして、気がついてもらえるかな……。

でもせっかくのチャンスだもんね、今度は後悔のないように頑張ってみても……いいよね？

チームミッション2　初めての企画を遂行せよ！

「じーっ」

ジト目のヒナちゃんが俺、間宮《まみや》さん、木内《きうち》さんを順番に見つめて首を傾《かし》げる。夏服になったのか涼しげな印象の制服が眩しい。

「なんでソームのお姉さんがいるの？」

「ヒナちゃん、木内さんはちーむめんばあですよ！」

間宮さんはチームメンバーという言葉を使いたがる。どうやら、広報部が1人ではなくチームになったのがよほど嬉《うれ》しいらしい。

「じゃあもうソームじゃないんだ」

「うん」

木内さんがヒナちゃんに返事をする。

「じゃあ……あだ名つけないとねぇ」

ヒナちゃんはニヤリと悪い笑みを浮かべるとカタカタとキーボードをいじる。何をやっ

ているのかと思ったら、

「へぇ、お姉さん下の名前ミコちゃんっていうんだ」

「なっ、下の名前は関係ないでしょう」

「照れちゃって～、ミーコちゃん」

「こらっ、木内さんとかそういう風に呼んでほしいな」

木内さんの冷たい視線もなんのその。ヒナちゃんは俺をみてニヤニヤする。

「フジくんはさ～、なんて呼んでるの？」

「木内さんは木内さんだよ」

「え～同期でしょ～？　つまんないの～」

「ここは職場です」

木内さんの冷たい一言。

「でも、ユリちゃんはユリちゃんだよ？」

「ここは職場よ？　変なあだ名はダメ」

木内さん、厳しい。ヒナちゃんも「ぐぬぬ」と悔しそうだ。

「みーちゃんって呼んじゃお」

ヒナちゃんは小声で言うとＰＣに向かって仕事を始めた。簡単なアプリを作ってみるのがヒナちゃんの仕事だが、結構サクサク進んでいるらしいからサボっているとも言い難《がた》い。

「み、みーちゃん」

木内さん、俺にしか聞こえないような小さな声で呟《つぶや》いていた。なんだ、あだ名つけられたの嬉しかったのな。

そういえば俺もヒナちゃんにあだ名つけられたのが、人生で初めて悪口じゃないあだ名だったかも。

陰キャとかメガネとかそんなんばっかだったからなぁ。木内さんは会社内でも「氷の女王」なんて呼ばれているし。

こういう何気ない仲間内のやりとりが、ぼっちだった俺や木内さんにとっては嬉しかったりするんだよなぁ。

「藤城《ふじしろ》さんっ。企画のことなんですけど……」

間宮さんが困ったような表情で話しかけてくる。

「SNSでフォロワーさんを増やしながら、企業の人たちに魅力的に見えるものって難しいですね」

「そうっすねぇ……、まずはフォロワー2万人をクリアするのに何かいい企画があるといいんですけど……」

　間宮さんは首をひねる。

　今まではとにかく写真映えする食べ物や場所をとりあえず写真に撮ってなんとかなっていたが……今後の仕事につなげていくとなるともっと戦略的に考えていく必要がある。

「私、いくつか考えてみたよ」

　木内さんが「送るね」と言うと俺と間宮さん、そしてヒナちゃんと木内さんのグループチャットに資料が送付された。

　クリックしてみる。

「わぁ～、すごい」

　間宮さんが小さく拍手をして、

「藤城さんっ、全部やってみたいです」

と目をぎらつかせた。俺も資料を読み進めるが木内さんの資料は読みやすく、わかりやすく、そして納得感のある企画書になっていた。

　木内さんの丁寧で論理的な仕事……俺も見習わないと。

「間宮さんがメインでやるってなったら間宮さんに似合うものがいいかなと思って考えてみたんだけれど……間宮さんはどう思いますか？」

　間宮さんは嬉しそうに顔を赤くすると木内さんに、

「全部やってみたいなぁ……、特にこれ！」

とPCの画面を俺と木内さんの方に向けた。そこには可愛《かわい》い猫ちゃんたちが映っている。

「ネコカフェの企画⁉」

「そ、それは一番自信がなかったけど……」

木内さんの声が小さくなる。

「ネコちゃんかわいい！　最近ネコちゃんの動画がバズってたのでフォロワー増やしには良《い》いかと思います！」

間宮さんの言う通り動物ってのは結構印象がいい。もふもふは陽キャ陰キャ関係なく人気だし写真映えもする。

「藤城くんはどう思う？」

木内さん、数ヶ月頑張っていた間宮さんや俺よりものみこみが速い。

「いい案だと思う。これをクライアント獲得につなげるための動線は……？」

「このネコカフェね、保護猫のカフェなの」

木内さんは優しい表情になると、

「だからね、少しでもこの子たちの存在を知る人が増えれば里親さん候補が増えてどんどんネコちゃんたちが幸せになれるんだ」

「素敵ですっ」

間宮さんは「ぜひ行きましょう！」とやる気満々だ。

「木内さん、俺も賛成！」

「藤城さん、今このネコカフェを調べていたんですけど……」

間宮さん、なにやら含みのある表情で俺と木内さんを見ている。

「ヒナちゃんも連れて行きましょう」

「なんで⁈」

間宮さんは「それは現場に着くまでのお楽しみですよ」とニヤつくとヒナちゃんに、

「ヒナちゃんも行きますよね？」

と問いかける。ヒナちゃんは、

「仕方ないなぁ〜」

と言いながらも顔に「行きたい」と書いているくらいはわかりやすい。

「では、私が経費の申請とスケジュール確認しておきます」

おっ、木内さんもやる気だ。というか、そこらへんを木内さんがしっかりやってくれるのはありがたい。

◆

郊外にある落ち着いた路地の奥、保護猫たちが猫好きを出迎えるネコカフェにやってきた。優しそうな店員さんはカフェ風のエプロンと動きやすいパンツルックで清潔感たっぷり。

「お待ちしておりました。他のお客様が写り込まなければお写真も動画もOKです。ですがネコちゃんが嫌がっていたらご遠慮くださいね」

俺たちはカフェメニューを受け取る。そして……、

「現在キャンペーン中でして……ネコちゃんになっていただくとおやつが1種類無料になります！」

店員さんが笑顔で持っているそれはカチューシャ。しかももふもふの猫耳がついている。間宮さんがヒナちゃんを連れて来たがっていたのはこのキャンペーンが理由だろう。

女子高生の制服に猫耳なんて人気に決まってる。

「はい、ヒナちゃんは白のふわふわで～、木内さんは黒！　私はシマシマで藤城さんはさばとらちゃんです！」

（俺もつけんのかよ！）

間宮さんはサクッと猫耳をつけると「似合いますか～？」と手を丸めて猫の真似《まね》をしてみせる。

「ユリちゃんは猫っていうより犬系だよねぇ、フジくん。ＪＫの猫耳みてみて～」

ヒナちゃんは白くてふわふわの猫耳をつけて「にゃ～」と俺に抱きつこうとしてくる。

「こらっ、藤城くん困るでしょ」

木内さんがヒナちゃんを阻止する。しかし、ヒナちゃんはめげない。

「あっ、みーちゃん猫耳つけなきゃダメじゃん」

「私はいいの、ヒナちゃんと間宮さんだけで十分でしょう」

ヒナちゃんは不満げに頬を膨らませると「ちぇっ」とわざとしょんぼりしてみせた。

しかし、ヒナちゃんは木内さんがゆだんしたとみるやすぐに、

「ユリちゃん！　今のうちに！」

「あいあいさ～！」

ヒナちゃんが木内さんの腕に抱きつく形でロック、その隙に間宮さんが木内さんに黒猫の耳を装着した。

木内さんはみるみるうちに真っ赤になり涙目になってしまう。

「は、恥ずかしいよ」

「うんうん、みーちゃん黒猫、似合う似合う」

ヒナちゃんはご満悦で俺にも耳を渡してくる。

「まじ？」

「みーちゃんもつけてるんだしフジくんがつけないわけないよねぇ」

ヒナちゃんは再度「にゃんにゃん」と猫の真似をする。

間宮さんを見れば、

「藤城さんもつけましょう！」

とハイパー陽キャムーブ。そして猫耳がお似合いだ。

間宮さんは子犬っぽい人だとは思っていたけど猫耳もとても可愛い。人懐《ひとなつ》っこいふわふわの子猫って感じだ。

木内さんは流石《さすが》に助け舟を出してくれるか？　と木内さんの方を見ると、破壊力抜群の上目遣いで、

「藤城くんもつけないとずるい……」

あ、ハイ。つけます。

俺はとても恥ずかしいながら猫耳をつけて店員さんから猫用のおやつを受け取った。

猫たちがいるスペースの端っこの座敷《ざしき》に座って俺たちは飲み物を注文した。その間にさっそく……、

「わぁ、この子人懐っこいですぅ」

間宮さんは猫たちに大人気で数匹の猫が間宮さんの膝の上を行ったり来たり。ふわっふわの猫たちが間宮さんを囲んでなんだか多幸感溢《あふ》れる空間になっている。

「猫ってこんなに長いんですねぇ」

間宮さんの膝の上で伸びる猫は長い。みょーんと気持ちよさそうに伸びている。

「にゃっ!」

もう一方では猫じゃらしをもったヒナちゃんと気だるげにヒナちゃんの相手をしている大きな猫。

「ヒナちゃん、猫と遊んでいるようで猫に遊ばれてるな……」

木内さんはクスクスとヒナちゃんを見ながら笑うと、

「癒《いや》されるねぇ」

と近くにいた猫におやつをあげていた。木内さんに餌付けされている猫は人馴《ひとな》れしているのか可愛く片手を上げておねだりポーズをしている。

「可愛いねぇ」

氷の女王と呼ばれるくらい仕事中はクールな木内さんも、猫ちゃん相手にはメロメロだ。

俺の膝の上にいた可愛い茶トラを降ろす。ちょっと散策でもしてみるか。茶トラは不満げに「にゃむ」と鳴くと木内さんの方へおねだりにいった。

猫ってやつはほんと現金だよなぁ。

俺は頼んだアイスティーを飲み干して、撮影しても怖がらなそうな猫ちゃんを探すために少し店内を散策。猫たちが遊べるタワーや人の手の届かないキャットウォーク。いざという時に身を隠せるスペースなんかもあって猫のためを思った設計だ。

だが、施設のところどころに古いところがある。猫を売っているわけではないんだし、維持費や猫たちの健康を保つための諸々《もろもろ》でもしかしたら赤字なのかもしれないな。

ここの経営者の人は本当に猫たちの幸せを願っている人なんだろうな。

店内の一番端っこ、古いキャットタワーの上に一匹の猫が凛《りん》とした佇《たたず》まいで座っていた。ソマリだろうか。確かこの猫ちゃんすごく高いんだよな。

そっと近寄ってみるとソマリはツンとそっぽを向いた。おやつを見せてもツンとそっぽを向いたまま。

「綺麗《きれい》な子だね」

木内さんがいつの間にか俺のそばにいて囁《ささや》き声《ごえ》で声をかけてきた。多分、猫ちゃんを驚かせないようにという気遣いだ。

「ソマリかな? 少し前にテレビでやっていたの見たかも」

木内さんが猫に詳しい理由は俺もよく知っている。木内さんは昔から大の猫好きなのだ。

◆

「私の病気が治ったら藤城くんと一緒にお散歩したいなぁ」

「お散歩?」

「うん、近所の猫ちゃんたちを探すお散歩」

「柏木《かしわぎ》さん、猫好きなの?」

病弱だった柏木さんの家にプリントを届けに行った時、柏木さんが外を眺めながら諦めたように言った。

柏木さんの肌はほとんど太陽の下にいかないからか病的に真っ白だった。

「猫ちゃん好きだよ。好きというより憧れかなぁ。猫ちゃんは私にできないことができるでしょう?」

「できないこと?」

「お外を歩き回ったり、いろんな人に優しくしてもらったり……」

柏木さんは俯《うつむ》いてしまった。

「そういえば、高校の近所は猫がいっぱいいるよ」

「そうなの？」

「うん、俺のぼっち飯スポットにめっちゃいる」

「いいなぁ」

「今度、写真撮っておこうか？」

「猫ちゃんの？」

「うん、あいつら人懐っこいからさ、柏木さんも体が良くなったら一緒にそこで食べよう」

柏木さんの表情がぱっと明るくなる。でも、すぐに現実が見えたのか暗い表情に戻ってしまう。

「そうだ、藤城くん。カメグラ、やらない？」

俺は柏木さんがいけない場所や見られないものを見せるためにカメグラを始めた。

「猫の他に見たいものはある？」

「そうだなぁ～、じゃあ藤城くんの放課後の風景とか？」

「なんだそれ、普通の道路だよ」

「いいの、普通の道路で」

「じゃあ、また来週」

「うん、待ってるね！」

柏木さんが窓から手を振って見送ってくれる。俺の青春時代の唯一の良《い》い思い出だ。

柏木さんが突然消えてしまうまでの間、俺は週に１度彼女と会える日が楽しみで学校に行っていた。

◆

「藤城くん？」

「ご、ごめん、ぼーっとしてた」

木内さんはもう猫耳になれたのか顔色も普通に戻っている。

「あの子、お腹《なか》減ってないのかも」

ソマリは俺たちに完全に背を向けてしまっていた。その背中はどこか寂しいような……。

「あら、その子気になりますか？」

俺と木内さんに話しかけてきた店員さんは申し訳なさそうに眉を下げていた。

「いえ、ご機嫌を損ねちゃったみたいで」

「その子は最近うちに来たんだけどあまりご飯もお水も取ってくれないの」

店員さんは心配そうに言った。

「綺麗な猫ちゃんですね、ソマリ……ですか？」

木内さんが店員さんに聞くと、店員さんは、

「はい、うちでは唯一の血統書つきの子です。とても猫ちゃんに詳しいんですね～」

血統書という言葉をきいて俺は初めて意識したが、ソマリ以外の猫はみな雑種と呼ばれる猫だった。元は捨て猫や野良猫《のらねこ》が多いからそれもそのはずだ。

「みーちゃんは飼い主さんに2度も捨てられて……最近、またここに戻って来てしまったんです。戻って来てからはご飯もお水もあまり……」

店員さんがみーちゃんに手を差し伸べるとみーちゃんはプイッとさらにそっぽを向く。

捨て猫……か。

「居場所を何度も取り上げられて辛《つら》かったね」

木内さんはおやつをしまうと猫のみーちゃんの背中に声をかけた。みーちゃんはしっぽをブンと振るとキャットタワーから降りて奥へと行ってしまった。

「猫がしっぽを振るのはお返事なんですよ」

店員さんは少しだけ嬉《うれ》しそうな表情だ。

「そうなんですか？」

「きっとお姉さんの優しい言葉が聞こえたんですね」

木内さんはぽっと優しい表情になる。店員さんは俺たちにお辞儀をすると、みーちゃんを追って奥へと入って行った。

「藤城くん、間宮さんとヒナちゃんは概《おおむ》ね撮影が終わったみたい」

「そっか、木内さんが撮りたいものは撮れた？」

「うん、撮れたよ。藤城くんは？」

「俺は……、ちょっとさっきの子が気になるけど戻ろうか」

間宮さんとヒナちゃんのところへ戻ると相変わらず猫が群がっていた。間宮さんは数匹の猫が膝に乗っていて居眠りしていたし、ヒナちゃんに至っては猫の下敷きになったまま眠っていた。

「もう少し、２人を休ませてあげようか」

「そうだね、藤城くんは休まなくていいの？」

木内さんが飲み物のおかわりを注文して俺の隣に座る。

「むにゃむにゃ、藤城さん、おかわり頼みたいです」

間宮さんのでかい寝言に俺と木内さんは顔を見合わせて笑った。

「俺はうん、なんかさっき思い出してさ」

「思い出した？」

「木内さん、猫好きだったよなぁって」

木内さんは少し頬を赤らめると、

「覚えててくれたんだ」

とそっぽを向く。

「藤城くんも猫ちゃん好きだって言ってたよね、ほら猫耳のキャラよく選んでなかった？」

木内さんそれはやめてくれ恥ずかしい。俺はゲームとなるとかっこいい系のキャラより可愛《かわい》い女の子系のキャラを選びがちだ。

「昔のMMORPGのキャラだよな……めちゃ懐《なつ》かしい。でも今は木内さんだってガチムチのおっさん使ってるっしょ？」

「ふふふ、強そうでしょ？　また藤城くんとゲームしたいな」

「しよう、次は負けない」

「私の10戦9勝だもんね」

木内さんがいたずらっぽく笑うと自慢げに眉を上げた。くっ、悔しい。

「じーっ」

木内さんとゲームの話で盛り上がっていると間宮さんが目覚めたようだった。

「藤城さんと木内さん、いちゃいちゃ……してるんですか」

ジト目で、口を尖《とが》らせている間宮さんがじっと俺たちを見ている。ついでに間宮さんの膝の上で丸くなっていたふてぶてしい猫もこっちを見ている。

「しっ、してないっすよ！」

「してませんっ」

また俺と木内さんの声がハモる。その声でヒナちゃんまで目覚めたようだ。

「え〜、みーちゃんばっかりずるいな〜、ヒナもヒナも〜！」

「藤城さんっ、膝枕……しましょうかっ」

間宮さんの目がガチだ。猫耳をつけているせいで若干、ギャルゲ感がある。破壊力抜群の提案にちょっと心が揺らぐ俺もいる。何考えてんだ、俺！

「そろそろ会社に、戻りますか」

「むぅ、もっとイチャイチャ」

「間宮さん、寝ぼけてます……？」

「はっ、な、なんでもないですっ！」

間宮さんは顔を真っ赤にすると膝の上に乗っていた猫を抱き上げて優しく床に降ろし、

「またねぇ」

と頭を撫《な》でた。ふてぶてしい態度の猫は少し不満げだったが間宮さんの細くて綺麗《きれい》な手に頬をすり寄せるとごろにゃーと鳴いてその場に寝転んだ。

「今度、またこようかな」

木内さんが俺にしか聞こえないような小さな声で言った。間宮さんはレジの方で店員さんと、書いて良い情報の確認などをしているようだ。

「藤城くん、もしも評判が良いようであればまた猫カフェ応援企画、やっても良いと思う？」

「めちゃ良い企画だと思う。猫たちのためにもなるしさ」

「藤城くんは優しいね」

「そうかな」

「うん」

「みなさ～ん、帰りますよ～！」

間宮さんに呼ばれて俺と木内さん、ヒナちゃんは猫カフェを出て会社へと戻ることになった。

◆

やっと会社に戻ってきて俺が席につくと間宮さんが何やら木内さんを捕まえてきゃっきゃと喜んでいる。

「まっ、間宮さん、くすぐったいですっ」

「へへん、ちゃんと取らないとダメですよぉ」

間宮さんがいたずらしている時の声だ。ヒナちゃんが立ち上がって間宮さんたちに合流し、俺の方を指差す。

(なんか、すごい嫌な予感……)

「藤城さんっ、ペタペタですよ!」

「はい?!」

間宮さんは両手の人差し指と中指に、ガムテープの粘着部分が外側になるように巻きつけ俺に迫ってきた。

「猫ちゃんの毛がいっぱいですからね」

「じ、自分でやりますっ」

間宮さんの後ろですでにペタペタ攻撃の被害にあったであろう木内さんが真っ赤な顔でへたり込んでいた。

「お背中失礼しますよ〜！」

間宮さんは問答無用で俺の背後に回るとペタペタ。ガムテープが衣服に貼り付いてなんかちょっとこそばゆい。

「あ、間宮さんっ？」

「藤城さん、猫ちゃんにもモテモテでしたからねぇ、いっぱいついてますよ」

「ちょ、自分でやりますってばっ」

「ご遠慮なさらず〜」

俺の背中をペタペタする間宮さん。俺はどうしていいかわからず反応に困る。間宮さんが後ろで「ペタペタ〜」と何やら鼻歌を歌っていた。

しばらく羞恥に耐えていると服についていた毛がなくなったのか、間宮さんのペタペタ攻撃が終わった。

「藤城さん、終わりましたよ」

「あ、ありがとうございました」

「どういたしましてっ」

満足げに胸を張る間宮さん。ヒナちゃんが面白がってクスクス笑っているのが横目に見えた。木内さんは「お疲れ様」というような目で俺を見ている。

「間宮さん、ネコカフェで撮れた写真を木内さんとまとめるのはいかがでしょう?」

「はっ、確かにそうですねっ。木内さんにもゆくゆくは投稿とかもしてほしいですしね」

間宮さんは先輩として頼ってもらえて嬉しいのか満面の笑みでPCを抱え、木内さんの近くへと移動する。

「木内さん、よければリラクゼーションスペースでお茶でもしながら一緒に写真を選びましょう!」

木内さんは「お願いします」と一言、間宮さんを追いかけるようにオフィスを出て行った。残された俺とヒナちゃん。

ヒナちゃんに仕事を振るのも俺の仕事だったな。う〜ん、どうしようか。

俺はひとまずヒナちゃんのシフトを確認する。夏休みなこともあってシフトが入っている日はいつもと違ってフルタイム勤務だ。

「え、ヒナちゃん毎日勤務?」

「そーだよ」

俺はシフト表を見てびっくり。なんとヒナちゃんは俺と同じ月~金フルマックス勤務。

「夏休みだからね~、毎日フジくんに会えるよっ」

ヒナちゃんは真っ赤になって照れているが、俺が言っているのはそういうことじゃねぇ。

「友達と遊んだり家族で旅行したり、そういう時間はいいの?」

ヒナちゃんはそもそもバイトなんて必要ない子ばかりが通っている有名女子校の子だ。

迎えの車もリムジンだったんだから超ド級のお金持ちのはず。

普通そういう人たちって海外に旅行したり、避暑地の別荘で過ごしたりするんじゃないか……?

ヒナちゃんほどの陽キャならなおさら……。

「ヒナ、お仕事でいいもん」

「友達と遊んだりしないの?」

「ヒナ……お友達いないから」

さっきまでニンマリ笑顔だったヒナちゃんから笑顔が消えていた。それどころか瞳にはいっぱい涙を浮かべている。

俺、もしかして地雷踏んだ……?

な、なんかちょっとフォローしないと！

「まぁ、俺も友達いなくって学生の頃の夏休みはずっと1人でゲームしてたけどなぁ」

「フジくんもそうなの？」

「うん、木内さんが転校しちゃってからは特に……」

「ひとりぼっち？」

ヒナちゃんが軽く涙を拭きながら俺に聞いてきた。俺は学生時代……高校に限らず小学校からずっとひとりぼっちだった。


「藤城って兄貴に比べると地味だよなぁ」

「お兄ちゃんは明るい子なのにねぇ」

「おい、藤城と帰るのいやだから撒《ま》いてやろうぜ！」

「おーい陰キャメガネ！」

今考えれば俺って結構いじめられてたな。兄貴ができる男で学校中の人気者で陽キャだった。それなのに俺は陰キャで冴《さ》えない地味な男。

「フジ……くん？」

ヒナちゃんに声をかけられて俺は我に返る。

「あっ、いや学生時代はほら俺もあんましいい思い出ないからさぁ」

「じゃあ夏休みは本当に引きこもってたの？」

ヒナちゃんの目にちょっとイタズラな光が宿る。

「そうだなぁ、うちは家が定食屋をやってたから両親も常にいなかったしな」

「へぇ、じゃあ家族旅行とかもないんだぁ。ヒナと一緒だね」

「俺の兄貴はめっちゃ陽キャでさ、俺とはあんまり遊ばなかったしずっと引きこもってた」

ヒナちゃんがいつも通り笑顔になる。

「ヒナちゃんのご家族も忙しいの？」

「うん、パパは社長だしママもお仕事だから」

社長令嬢……実は俺も知ってる会社だったりして。

「兄弟とかいないの？」

ヒナちゃんが目を泳がせる。どうしたんだろう？

「いる……けど仲良くないよ。フジくんと同じ。ヒナのお姉ちゃんはなんでもできる人なんだ」

「なんでもできる……？」

「うん、お姉ちゃんは可愛《かわい》くてお勉強もスポーツもなんでもできる人なんだ。ヒナみたいな落ちこぼれじゃない」

ヒナちゃんが俯《うつむ》いて本当に小さな声で、

「あと、胸もおっきい」

と呟《つぶや》いたが俺は聞こえないふりをする。

「気持ちはわかるよ、俺も兄貴はなんでもできるクラスの人気者タイプで超イケメンだからさ」

「へぇ～、フジくんって弟なんだね、ちょっと意外かも」

ヒナちゃんがちょっとクスッと笑う。

「そう？」

「だってフジくんいつもユリちゃんといる時、お兄さんムーブって感じだよ？　あれ、でもユリちゃんの方が年上なんだけどね」

　確かに、間宮さんが末っ子感強すぎるからな……。

「ま、そういうことでヒナは夏休みは会社にしか拠《よ》り所《どころ》がないかなしきＪＫなのっ！　ちょっとは優しくしてよ？　なでなでとかしてほしいなあ？」

　お、いつもの調子に戻ってきた。ヒナちゃんはいたずらっぽい笑顔で俺をからかってくる。もう少しやる気を出してもらうか。

「でもプログラムできる女子高生はなかなか見たことないよ、俺」

「ほんと？」

「ほんと」

　ヒナちゃんがニンマリ笑顔になるとドヤ顔で俺に言った。

「やっぱりフジくん、ヒナのお婿さんになってくれてもいーよ！」

(なんでそうなるんだ！)

「さ、２人が帰ってくるまでに一緒に勉強しようか」

「あっ、なんでお婿さんの話無視するのよっ」

　ヒナちゃんがバタバタと座ったまま地団駄を踏んで頬を膨らませる。いつものヒナちゃんに戻ったようだ。よかった。

「学校の勉強よりきっと100倍面白いと思うぞ」

「それは……そうだけど」

「じゃあ、ほら送ったURL開いて。今日はエクセルで自動化できるマクロの勉強」

「え～、つまんなそ～！」

「それと、俺は大人な女性が好みかなぁ」

調子に乗ったヒナちゃんに釘《くぎ》を刺す。ヒナちゃんはわなわな真っ赤になると、

「ヒナもいつかおっきくなるもん！」

と口を尖《とが》らせるとPCの画面に視線を落とし仕事を始めた。俺はそれを見守りながら自分の仕事を再開することにした。

フォロワー数　12000人

幕間《まくあい》2

私に初めて後輩ができた。

とってもとっても嬉《うれ》しいけれど、ちょっぴり不安なこともある。

木内《きうち》さんは藤城《ふじしろ》さんにとってもお似合いな大人しくて素敵な女の子だからだ。物静かだけどしっかりしていて……藤城さんが取られちゃったらどうしようっ！

ダメダメ、お仕事なんだから私情を絡《から》めたりしちゃ。藤城さんに認めてもらえるようにお仕事たくさん頑張って素敵な女性にならなくちゃ。

でも、藤城さんと木内さんって高校の同級生って言ってたし……私には勝ち目がないいんじゃないいっ？

もっともっと好きだってアピールしなきゃっ！

そのためにはチームリーダーとしてちゃんとミッションをクリアしなくっちゃね！

お手洗いを済ませて、個室から出ようとした時のことだった。

「あぁ、木内さんって広報に飛ばされたんでしょ？　挨拶もできない根暗な子が広報ですって、自主退職促してるんじゃない？」

「新卒半年もしないで挨拶もできないあの偉そうな態度じゃあねぇ」

「冷たくしたって胸が大きいから若い子たちがちやほやするからよ」

「ほーんと、若いだけの女って厄介よねぇ」

「やだ～、それじゃあたしたちが嫉妬してるみたいじゃない、あはは～。ちょっと胸出して媚《こ》び売れば直《す》ぐに就職先くらい見つかるわよ」

（なによ、それ）

社会人になってこんな光景に出会うとは思ってもみなかった。私はよく、同じようなことを陰で言われていたから。

「あ～あのミスコンの子性格悪そうだよね～」

「でも仲良くしとけば男子が寄ってくるし得じゃない？」

「え～でも絶対合コンとかは呼ばないし、写真に一緒に写りたくないわ」

「いいよね～、顔がいいと人生イージーモードでさ」

学生の頃は悔しくてトイレで泣いたっけ。

言われていることが悔しくて、友達だと思っていた子たちの本心が怖くって誰も信じられなくなったっけ。

でも今は違う。大切な後輩があんな風に言われて許せるはずがない。私は木内さんにたくさん助けてもらったんだ。

木内さんはそんな子じゃない、ライバルにするのが怖いくらい良い子で優しくてしっかりした子だ。

今度は私が助ける番！

私はバァンと勢いよく個室の扉を開けた。

「そんなことありません！」

私の大事な後輩ちゃんをいじめる人は先輩だろうと絶対に許しませんっ！

チームミッション3　強化合宿を成功させよ！　上

「藤城《ふじしろ》さんっ、木内《きうち》さんっ！　ネコカフェの投稿結構反応がよかったんです。猫好きさんの間で少し話題になったみたいでフォロワーも結構増えました！」

間宮《まみや》さんは「ご褒美《ほうび》ですよ～」と言いながら俺と木内さんにレモネード専門店で買った映《ば》え映えのレモネードをよこした。

「ありがとうございます」

「木内さんもどうぞ」

「ありがとうございます、間宮さん」

爽やかな甘酸《あまず》っぱいレモネードは炭酸で割られていて暑い季節にはめちゃいい。ごくごく飲めるのにちょっと酸《す》っぱいのがこりゃまた最高。

今度、偽物《にせもの》さんで自作レモネードでも作って投稿してみようかな。

木内さんも一口。

「おいしいです、間宮さんありがとうございます」

木内さんからお礼を言われると間宮さんは鼻の下を押さえて得意げに、

「私はチームリーダーですからっ、部下に奢《おご》るのくらい当然ですよっ」

と言った。

まてまて、いつのまにチームリーダーになったんだ？　いや、間宮さんがリーダーであってるのか。まぁいいや。

木内さんが間宮さんの手元の領収書を見て、

「間宮さん、多分これは経費落ちないですよ」

とチクリ。元総務の厳しい目線炸裂《さくれつ》である。

「へっ？」

「これは私的なものに該当するので、経費は落ちないかと……」

間宮さんは次第にわたわたする。

「そうだっ！　ＳＮＳに投稿すれば……」

と苦し紛れに言った間宮さんだが、俺と木内さん、そして自分が持っているレモネードを見てがっくりと肩を落とした。

「半分以上飲んじゃいました～、これじゃ投稿できませんよぉ、え～ん」

「間宮さん、それはそうとこの会議はなんでしょう？」

この後、俺と木内さんと間宮さんの３人で会議室が予約されている。特に概要は聞かされていないが……主催者は間宮さんだ。

「あっ、気がついちゃいました？　さすがですね藤城さん！」

（仕事なんだから共有してくださいよ）

と口から吐き出しかけた言葉を呑《の》み込んで俺は、

「企画ですかね？」

と聞いてみる。木内さんも知らないのか首を傾《かし》げていた。

「ふふふ、会議室でのお楽しみですよ！　さっ、行きましょ」

会議室へと先に向かう間宮さん。スキップしているせいでふわふわ髪の毛とスカートが揺れている。

「間宮さ〜ん、ＰＣ忘れていますよ！」

俺ももう間宮さんのぽんこつには慣れっこだ。

「はっ！」

間宮さんは真っ赤になって小走りで戻ってくる。そしてＰＣを大事そうに抱えると、

「さっ、行きましょう！」

と大きく頷《うなず》いた。

「じゃじゃ～ん！」

会議室のプロジェクターに映された文字は、

「広報部・企画強化合宿！」

間宮さんはプレゼンテーションを進めながら「合宿」とは何かを説明してくれた。

「SNSの企画や今後の活動をブラッシュアップするために、休日泊まり込みで勉強会をする……」

開発部でも三島《みしま》部長の家でやったっけ。半分懇親会、半分勉強会みたいな感じでゆるっと勉強ができるのはすごくありがたかった覚えがある。

「参加メンバーは私と藤城さんと木内さんですっ！」

(え？　まじ？)

間宮さんはしゅんと残念そうに、

「ヒナちゃんは未成年なので参加はできないそうです」

そりゃそうだ。本人に言ったら無理にでも押しかけてきそうだから黙っておこう。

「でも、お泊まりできる場所は会社にはなさそうですね。明日、ですよね？」

木内さんの冷静な意見。間宮さん、まさかもう場所の予約も済ませているとか……？

「そこでお願いです！　藤城さんのお家《うち》で合宿するのはいかがでしょう！」

「え？」

「藤城さん、いいですよねっ」

これ、拒否権ないやつですかね？

ってかまずい、うちに泊まりで来られたら俺が偽物さんだってバレるんじゃ……？　この前ちょっとの滞在でも隠すの大変だったんだぞ。

どうにかして断らないと！

「いや、間宮さんいくらなんでも急すぎやしませんか」

「ダメ……ですか？」

俺は木内さんの方を見る。助けて！　木内さん！

「どうして藤城くんのお家なんですか？」

木内さん、ナイスフォロー。そうそう、俺の家じゃなくたって良《い》いじゃないか！

「そ、それは……その、藤城さんと以前ハンバーグを食べたんですが、藤城さんの手料理が食べられたらいいなって」

（完全な私情じゃないか〜〜〜！）

「ハンバーグ……、いいな」

木内さんがぼそっと言った。

あれ、なんかこれすごく雲行きが怪しくないか……？

「いや、ほら、女性2人が独身男の家に泊まるなんて風紀が乱れますよ！　よくないよくない！」

「藤城さんの手料理食べたいです！」

間宮さんは止まらないし、木内さんも、

「手料理……藤城くんのお家……」

と乗り気のようだ。

「お2人とも……俺の話聞いてます？」

俺は必死に拒否するも間宮さんは引き下がらないし、頼みの綱の木内さんも「手料理、手料理、お家で手料理」と壊れた機械のように呟《つぶや》いている。

「木内さんも賛成ですよねっ？」

間宮さんの質問に木内さんが頷いた。

嘘《うそ》……だろ。

合宿となれば一日中俺の家に間宮さんがいるってことだろ？　前とは違って半端《はんぱ》な隠し

方じゃ俺が偽物さんだとバレてしまう！

俺はどうやって明日までに偽物さんだとバレないようにするか頭をフル回転させる。

ヤバイぞ藤城。絶対にバレちゃいけないぞ。

「決まりですねっ、では明日の15時に藤城さんの家の最寄り駅で待ち合わせしましょう！」

ルンルンの間宮さんは「手料理っ、手料理っ」と言いながら会議室を出て行く。強化合宿をしようまでは完璧な提案だったのに、まさか場所が俺の家……？


どうする俺！


その日の夜、俺のスマホに着信が入った。相手は木内さんだ。

「藤城くん、お疲れ様」

今日は木内さんとゲームの約束をしていたんだった。偽物さんに載せる写真を整理していたがゲームするか。

「おつかれ〜、ちょいまち。ゲーム起動する」

俺はスマホをワイヤレスイヤホンにつないでハンズフリーで木内さんと会話する。ゲームを起動してログインをした。

デュオマッチのバトルゲーム。木内さんは俺より2クラスも上のランク帯にいる猛者《もさ》だ。

ちなみに木内さんはゴリマッチョの戦士キャラ、俺は猫耳の回復キャラだ。

「私、明日の合宿、楽しみだな」

という木内さんの一言で俺は現実に引き戻される。明日、間宮さんと木内さんがうちに泊まりで……くる。

「木内さん、悪いんだけど明日ちょっと手伝ってほしいんだ」

「ん？」

木内さんは華麗な技で敵を倒しながらも冷静だ。

「わっ、ちょまって今回復する」

「待ち合わせは15時だったよね？」

「そうなんだけど……間宮さんに偽物さんだとばれたくなくてさ」

一瞬の沈黙。俺が敵をなんとか倒す。

「ナイス！　どうして？　間宮さんって偽物さんのファンだよね？　藤城くんが中の人だって知ったらきっと喜ぶと思うよ」

「ええ、俺みたいな冴《さ》えない陰キャが中の人だって思ったら幻想を壊しちゃうだろうよ」

木内さんを回復しながら俺は周囲を警戒する。

「そんなことないと思うよ。間宮さん、藤城くんのこと気に入ってるしすごく喜ぶと思うよ」

木内さんは優しいなぁ。けど現実はそんなんじゃない。間宮さんは偽物さんガチ勢&ガチ恋勢だぞ。きっと中の人をスーパーイケメンのスパダリだと思ってるぞ。

だがしかし、現実は冴えないこの俺である。

「で、私なにを手伝えばいいのかな?」

「お昼ご飯がてら……その」

「偽物さんの荷物を隠す手伝いとか?」

木内さんの察しの良さには頭が上がらない。

仕事ができる人ってほんと……すげえ。

「ハイ、すみません。なんでもおごります」

木内さんは「ふふっ」と笑うとマシンガンをぶっ放して最後の敵にとどめを刺した。

「よしっ、藤城くんナイスアシスト!」

木内さんと俺は無事、1戦を終えると待機ルームへ戻る。次のマッチングが開始するまでしばし休憩だ。

「何か食べたいものある？」

「そうだなぁ～お昼ご飯もだけどちょっと寄りたいところがあるんだけどいいかな」

「寄りたいところ？」

「ええ、そう。女の子に荷物運びさせるんだよ？　ちょっとわがまま聞いてもらわないと」

木内さんはちょっとネット弁慶なところがある。ゲームのボイチャでは結構強気だ。でも、そんくらいの方が俺も気が楽だったりする。

「ハイ、わかってます」

どこにいくんだろう？　ゲーム買いに行くとか？

それだったら俺も欲しいのあったしちょっと行きたいかも。

「じゃあ、藤城くん！　もう1戦しよ！」

◆

「おじゃまします」

「ごめん、全然片付いてないや」

「いいよ、だって片付けに来たんだし」

いつもスーツの木内さんだが今日は清楚《せいそ》な白いブラウスに花柄のスカートという華やかな装《よそお》いだ。セミロングに切った髪も普段とは違って下ろしていて、ちょっとカールしている。

心なしかキラキラした目元も普段と違ってとても華やかだ。

間宮さんを見慣れているからあまり意識したことはないけれど、木内さんも超がつくほどの美人。

「休日会うのははじめてだね」

木内さんがくるっと回ってみせる。

間宮さんがキラキラ輝く太陽なら木内さんは優しく見守る月みたいな印象だ。

高校時代は陰キャ同士って感じだった俺と木内さんだけど、木内さんは一気に遠い存在になったなぁ。

俺ときたら陰キャ街道まっしぐらだってのに……。

「最寄《もより》のトランクルームまでタクシーで30分だね。予約はできた？」

「うん、なんとか。とりあえずでかいインテリアとかはクローゼットに押し込んだ。細かいものは段ボールにまとめて三つと紙袋一つかな」

木内さんは部屋を見渡しながら他に偽物さんで載せていたものがないかどうかチェックしてくれる。

「間宮さんったらちょっと強引なんだから」

段ボールの中に偽物さんで取り上げたものや写り込んだものを詰めていく。木内さんは丁寧に壊れないように新聞紙をまるめていた。

「木内さんだって助けてくれなかったじゃんか」

木内さんはクスクスと微笑《ほほえ》むと、

「だって、私も藤城くんのお部屋に来てみたかったんだもん」

とオフィスでは見せない笑顔を俺に向けた。木内さんってこんな明るい表情するんだな。いつもはクールだからギャップがすごい。

「木内さんの寄りたいところって？　何か持っていくものある？」

木内さんは俺の言葉を聞くとちょっと赤くなってうつむきながら、

「細かいお金があるといいかも」

と言った。どういうことだろう？

「さっ、早いとこお片付けしちゃお」

「サンキュ！」

俺は木内さんと一緒にタクシーに荷物を積み込んだ。

トランクルームに色々詰め終わった後、俺は木内さんに連れられて最寄の駅の繁華街を歩いていた。

木内さんがおしゃれな格好をしていることもあってデートみたいだ。

「藤城くん、ちょっと付き合って」

木内さんのことだからゲームショップとか漫喫とかそういうちょっと静かで落ち着けるところだろう。

なんてのは俺の幻想だったらしい。

ピカピカ輝くネオンと騒々しい音。中からは子供達の笑い声。中にはカップルやＪＫ達がプリントシールに群がっている。

「ここ！　ずっと藤城くんと来たいと思ってたんだ」

申し訳なさそうに笑った木内さんは俺の手を取るとゲームセンターの中へと足を踏み入れた。

ゲーセンに入るのなんて何年振りだろう？

大学生の時クレーンゲームで安く食い物を手に入れるために通ったぶりだ。

（はずかしくて言えないけど）

「き、木内さん？」

「ほら、私、子供の頃は病気具合が悪くてこういうところ来られなかったでしょう？　だから一度来たかったんだ」

と言いながら、木内さんはクレーンゲームゾーンもプリントシールゾーンも通り過ぎてちょっと暗い奥まったゾーンへと入って行く。

（ちょ、まじか）

「藤城くん！　用意はいい？」

木内さんはいつになく目を輝かせ、古ぼけた椅子に腰を下ろした。

「勝った方が、この後のお昼をおごる！　それでいいかな」

木内さん、コインをカランと入れると俺に向かい側の席に座るように促した。古くからある格闘ゲームだ。

まてまて……俺、テレビゲームしかプレイしたことないぞ。ってか木内さんもそうだろ……？

木内さんの方をのぞいてみると目を輝かせてレバーやボタンを触っている。見た目は綺《き》麗《れい》めのお姉さんなのに中身はヲタク。周りにいた格ゲー好きっぽいおじさんたちもびっくりである。

「藤城くん、早く早く」

「ちょ、これでキャラを選ぶのか」

ピコピコ系のBGMとちょっと粗いドットがまたいい。木内さんはなんか強そうなガチムチキャラを選択したらしい。

（まずい、コンボとかなんも知らんぞ）

「藤城くん、女の子キャラすきだねぇ」

俺はよくわからんけどうさ耳をつけた中華ドレスのキャラを選択。そう、こういう男臭いゲームは女の子が強いってきまってんだ！（嘘《うそ》）

ゲームが始まると木内さんはべらぼうに強かった。

俺のキャラはほとんど地面に足がつけられないくらいコンボをお見舞いされＨＰがぐんぐんと減っていく。

ゲーセンに入ったことないって言ってませんでした？

「き、木内さん、強すぎ」

「ふふふ、脳内でシミュレーションしてたんだ」

清楚な出で立《いた》ちでとても爽やかな笑顔の木内さんだが、

「泣きの1回、する？」

鬼である。

「お、お願いします！」

俺はもう一度同じキャラを選ぶ。まてまて、上上下でコンボだったっけ……。

と俺が考えている間に木内さんはバッシバシ攻撃を当ててくる。

2Dも2Dだからハメられたら避けようがないっ。俺のHPゲージはみるみる減って行く。

（こうなったらテキトーに押してやれっ！）

俺はとりあえずレバーをガチャガチャしながらボタンを押しまくる。

「わっ」

奇跡の一発、コンボが繋《つな》がっていく。木内さんのHPゲージが半分くらいまで減って、
俺の手にも力が入る。

（よし、もう1回だ！）

俺はレバーを下に引く。ボタンをこれまたテキトーに押す。これでコンボ……あれ？

「ふふっ、スキありっ！」

木内さんが地面に座り込んでかわいいポーズをとった俺のキャラをぶっ飛ばした。俺の画面にはデカデカと「YOU LOSE」という文字が点滅する。

「藤城くん、まさかあんなところで煽《あお》りモーションするなんて～ふふっ」

木内さんは向かい側の席からひょっこり顔をだして、

「2回勝っちゃったからもう1個わがまま聞いてもらおうかな～」

といたずらに笑った。

格ゲーゾーンから出ると木内さんはクレーンゲームゾーンに俺を引っ張って行く。流行《はや》りのアニメキャラのフィギュアとかぬいぐるみ、グッズなんかが並んでいてどれも取りごたえがありそう。

「あっ、魔法少女サナベル！」

木内さん、今日イチのテンションである。

魔法少女サナベルは俺たちがちょうど子供の頃にやっていたアニメで、現在でもシリーズ物が続いている超人気作。女の子なら誰でも一度は好きになるあれだ。

大人になってから見るとサナベルって結構過激な格好しているんだな。マイクロミニスカートに胸元はハート形に切り抜かれて豊満な谷間が……。

そういえば、有名なコスプレイヤーがあげてた写真結構えっちだったような。

って俺、何をまじまじと！　変態みたいじゃんか！

「魔法少女サナベルのフィギュア、藤城くんとってくれる？」

「木内さん、サナベル好きなの？」

「うん、小さい頃おもちゃとか買ってもらってたなぁ、魔法のスティック持って1人でなりきってた」

恥ずかしそうに笑いながら話す木内さん。

木内さん、ちょっとはいいところ見せますよ！

と意気込んだ俺だったが、あの位置は超強敵。

「任せて！　俺実はクレーンゲーム得意なんだわ」

地道だがちょっとずつ、ちょっとずつ動かしていい角度になったら一気に押して落とす作戦だ。

「藤城くん、もうちょっと……！」

２００円プレイで10回ほど遊んだところで木内さんが一言。

「ちょっと私もやってみたい！」

でも、ここで変に譲って後ちょっとのところで商品が後退したら……いや、今は木内さんに楽しんでもらうのが一番か。

「あとは……たのんだ」

「藤城くん、あの穴にクレーンゲームのアームが刺さったらいいと思わない？」

木内さん、そりゃ〜素人《しろうと》だよ。

こういうプレミアがつきそうなフィギュアはそんな設定になってないんだな。第一アームの開きもイマイチだし。

木内さんが俺とクレーンゲームの機械の間に入った。ち、近いっ。木内さんのお尻がずんと俺の腰に当たってよろける。

「ご、ごめんっ」

木内さんははずかしそうに謝ると再びクレーンゲームの方へと向き直った。近すぎる距離のまま、俺は木内さんの髪から金木犀《きんもくせい》の香りを感じた。

◆

「柏木《かしわぎ》さん、金木犀って知ってる？」

柏木さんは病弱で、ほとんど外に出ない生活を続けていたからか首を横に振った。

「秋に咲く小さいオレンジ色の花でさ、オレンジガムの匂いがするんだよね」

俺の言葉に柏木さんは「ふふっ何それ」と吹き出した。

「甘い香りだけど、俺はちょっと懐《なつ》かしくて好きなんだ。学校の近くに金木犀の木があってさ、秋になるとそれだけを楽しみに通ってる節がある」

柏木さんは少しだけ悲しそうな表情で、

「秋までに体が良くなったら一緒に登校したいな」

と言った。

結局、柏木さんは秋が来る前に消息不明になった。この記憶も俺の中では今の今まで遠い過去になってしまっていた。

◆

俺は学生時代の木内さんとの会話を不意に思い出して心がぎゅっと締め付けられるような思いになった。

「藤城くん？」

「あぁ、ごめん。ぼうっとしてた」

俺はすっと後ろに退《ど》けると木内さんのプレイを見守る。

「ここらへんっ」

木内さんは楽しそうにレバーを弾《はじ》きながら位置を調整し、一呼吸置いてから降下ボタンを押す。

甘いっ……。アームが刺さるとは思えない。

よし、次は俺がいいところをみせないとな。

ピロリンピロリンと無機質で騒がしいＢＧＭが流れてクレーンゲームのアームが広がる。

「ほーら、ちょっと距離が……って、え⁈　まじかよ！」

俺の言葉を遮るように木内さんは振り返ってにっこり。

アームはフィギュアの箱のすみっこに突き刺さって持ち上がり、そのままガコン、と取り出し口まで運ばれた。

「天才かよ……」

俺全然かっこよくねぇ～！　なんか悔しい！

「大切にするね？」

（俺なんもしてねえ！）

木内さんは魔法少女サナベルのフィギュアを抱きしめてご満悦だ。け、結果オーライならそれでいいか。

「よし、ちょっと悔しいから俺もなんか取ろうかな。木内さん他になんか欲しいのある?」

木内さんは店員さんから手提げのビニールバッグをもらってフィギュアを詰めながら「うーん」と考える。

このゲーセン、クレーンゲームの台は結構豊富でぬいぐるみとかいろんな種類がある。ほとんどのぬいぐるみならきっと取れる……はずだ。

「そうだ、合宿用にお菓子、たくさんとってほしいかも!」

木内さんが指差したのはお菓子が入ってるアーケードゲーム機でお菓子がタワーになっている。下に流れるお菓子たちを掬《すく》ってスライド式の橋に積み上げて行くことでタワーを倒せるか……というものだ。

タワーになっているのは1本数十円のスナック棒だ。

「よし、これは任せて」

「私はあっちのチョコレートタワーやってみる!」

木内さんは俺とは反対側のタワーを攻略しに向かった。なんか、学生時代好きな女の子

魔法少女
サナベル

とこんなんできたら楽しかったんだろうな、なんてノスタルジーな気分になった。

数分後

このお菓子タワーくらいなら楽勝だな。

大学時代、数百円でこうやってお菓子を大量にとって食いつないでいたのが懐かしい。いまやしっかり社会人になったぞ、昔の俺。

ばっさばっさと取り出し口に入ってくるお菓子を袋に詰めながら、木内さんの方はどうかな？　とのぞいてみる。

向かい側に木内さんはいない。

「あれ？」

と思ったら別の卓に木内さんの背中があった。手には二つのビニール袋。たっぷりのお菓子。

「あっ、藤城くん」

「木内さん、知らない間に移動してるから焦《あせ》った」

「ごめん、タワーなくなっちゃったから」

てへっ、と可愛《かわい》く笑った木内さんは俺に大量のお菓子が入った袋を押し付けてくる。

「私、こっちのゲームも才能あるかも」

まじでそれ。

数十分前、クレーンゲームなら得意だなんて思った自分をぶん殴りたい。

「藤城くん、すごく楽しかった～。なんか高校生の時の夢が叶《かな》っちゃった！」

「夢？」

「うん、私藤城くんとしてみたかったんだ、こういうの」

木内さんがもじもじして真っ赤になる。

◆

「ねぇ、藤城くん。私の病気が治ったらゲーセン行きたいな」

「ゲーセン？」

「うん、駅前の。病院に行くときに見たことはあるんだけど実際に入ったことはないんだ」

「柏木さん、ゲーセンとか好きなんだ」

「入ったことないからわからないけど、行ってみたいなぁ」

柏木さんはちょっと悲しそうな目になるが、俺の方を見ると目を輝かせた。

「そういえば、藤城くんカメグラの名前決まった？　最初はゲーセンを映《ば》えるように撮ってみてよ」

ゲーセンを映えるように……とは無理ゲーである。

「そう、アカウント名決まってないんだよなぁ〜、本名だと陽キャたちにバレるじゃんか」

「うーん、なんか格好いいやつにしてみたら？」

「今かんがえてたのは、偽物《にせもの》とか」

「偽物？　何か由来があるの？」

「SNSって自分を着飾ってみせるところじゃんか、カメグラなんて陽キャ御用達《ごようたし》のSNSだし。それを陰キャの俺がやるから偽物」

柏木さんがくすっと笑った。

「偽物だけだと中二病っぽいからさん付けしない？〈偽物さん〉ならなんか高校生っぽ

くないしきっとバレないと思う」

「いいね、そうしよっかな」

◆

木内さんがまだ「柏木さん」だった頃の思い出がぽろぽろと蘇《よみがえ》る。きっと、連絡が取れなくなったショックで俺は思い出を意図的に思い出さないようにしていたんだな。

「ありがとう」

木内さんに面と向かってお礼を言われると、すごく照れくさくなる。

「う、うん」

「藤城くんっ」

木内さん、総務のことで落ち込んでいると思ってたけど、ちょっと元気になってくれたかな。俺はカッコ悪かったけど……木内さんが楽しんでくれたならなにより？　だろう。

「藤城くんっ」

感傷に浸る俺を引きずり戻す木内さんの声。なんだろう？　何か他に欲しいものでもあったのかな？

「どうしたの木内さん」

「藤城くん、急がないと！」

「へ？」

「あと30分で待ち合わせの時間っ！」

「まじっ？」

「私、一度家に帰ってそれから向かうね！」

木内さんはフィギュア以外のお菓子たちを俺に押し付けて駅の方へと走っていった。

まずい、ゲーセンで遊びすぎて昼飯食いそびれた。一旦家に帰ってこのお菓子たちを置いてから間宮さんを迎えに最寄りの駅まで行く。

木内さんとの時間で忘れていたが……今日、人生初のお泊まり会をするんだ。

しかも、超絶美女の間宮さんと……。

負けるな藤城、頑張れ藤城！

俺はタクシーを停《と》めると住所を告げ、腹をくって強化合宿に向けての心の準備を始めた。

チームミッション４　強化合宿を成功させよ！　下

「藤城《ふじしろ》さーん！　こんにちは～！」

最寄りの駅で元気に手を振っているのは間宮《まみや》さんだ。ピンク色のフリフリのワンピースに麦わら帽子、ちょっと高めのヒール。ひまわり柄のキャリーケース。

綺麗《きれい》すぎて誰もが振り返って間宮さんの方を見ているので俺まで照れてしまう。

「藤城さん、こんにちは」

「間宮さん、仕事の時は時間帯に限らずおはようございますの方がよいですね」

「おはようございます！」

元気一杯のおはようございますにちょっと周りもざわざわ。当の本人はきょとん顔で首を傾《かし》げている。

「木内《きうち》さん、まだですかねぇ」

間宮さんは腕時計を見ながら心配そうに辺りを見回した。俺は知っているが木内さんはつい30分前までこの付近にいたのだ。

木内さんの家までの距離は知らないが、遅くなって当然だろう。ちょっと申し訳ないことをしてしまったと俺は反省した。

「藤城さん、今日のお夕食は何にしますかっ？」

ウッキウキの間宮さんが近い。

「木内さんと私と、藤城さんが好きなものがいいなって思ったんですが、木内さんの好みがわからなくって……」

木内さんは魚が好きだったはずだ。この前も定食屋で干物を食べていたような。

「間宮さんは何が好きなんです？」

間宮さんはぱっと明るい表情になると、困ったとばかりに眉をハの字にして、

「藤城さんが作ってくれるならなんでもいいんです。でも強いて言うのであれば、洋食が好きですっ。ハンバーグ、オムライス、唐揚げ……」

（いや、唐揚げは洋食じゃねぇ）

「今日はそうっすねぇ、手作りじゃなくても良《い》いような？　と思いますよ。ぱっと出前とか」

間宮さんは目を輝かせる。

「お寿司《すし》っ！」

さっきまで洋食の話をしていたのに「出前」と聞いたらお寿司が頭に浮かんだらしい。間宮さんって不思議な人だ。

「じゃあ、寿司で決まりっすね」

俺も久々の寿司にちょっとワクワクする。こういう機会でもないとなかなか独り身で寿司を取ろうなんてならないからなぁ。

「ふふっ、楽しみですっ。藤城さんとお泊まりっ」

また周りの人たちがざわざわする。そりゃそうだ、この美女と俺みたいな冴《さ》えない男が「お泊まり」だなんて……。

「お待たせしました」

息を切らした木内さんはぺこりと頭を下げた。

「木内さんっ、全然ですよ。ふぅ、暑いですねぇ」

間宮さんが走ってきて真っ赤な木内さんに、パタパタと手で風を送った。

「木内さん……？」

急いでやってきた木内さんはさっきまで身につけていた華やかなスカートでも清楚《せいそ》なブラウスでもなく、カジュアルなパンツルックだった。

さっき一緒にゲーセンへ行った時に比べたら別人のようだった……しかもメガネをかけ

ている。

「ごめんなさい、ちょっと遅れてしまって」

よく見れば、メイクもいつも通りの地味な感じ。髪もさっきまでは下ろして巻いていたのに、今はいつものシンプルなお団子だ。

「木内さん、今日はメガネなんですね、普段はコンタクトなんですか？」

間宮さんの質問に木内さんは、

「はい、でも今日はお泊まりなのでメガネのほうが便利だと思って……」

と答えていた。

さっきまで俺とゲーセンにいた木内さんはメガネをかけていなかった。目がちょっとうるうるしていたのはおしゃれなカラー付きコンタクトをしていたからじゃ……？

も、もしかして……午前中の木内さんがオシャレだったのって「俺のため」だったり

……？

「どうしたんですか？　藤城さん、顔が真っ赤ですよ、暑いですか？」

間宮さんがハンカチを取り出して勝手に俺の顔をふきふきする。ハンカチからいい匂い。女子って感じの匂い。

「す、すみません、大丈夫っす」

俺はちらっと木内さんの方を見る。木内さんは小さく微笑《ほほえ》む。

なんだこれ、ドキドキする。

「よし、じゃあ出発進行ですよ～！」

「藤城くん、間宮さんの荷物持ってあげたら……？」

あぁ、ほんと俺っていう奴《やつ》は気が利《き》かないな。そりゃそうだ、女の子とお泊まりなんて人生で初なんだ。

（修学旅行もぼっちだったからサボったし）

「間宮さん、木内さんもお荷物持ちますよ」

「し、紳士……」

照れた様子の間宮さんからキャリーバッグを受け取り、木内さんのリュックを受け取って背負った。

（お、重い……）

１泊なのに女子ってこんなに荷物重いの……？

「どうぞ～」

「おじゃましま～す！」

「お邪魔します」

間宮さんと木内さんはダイニングテーブルにPCを展開して荷物は一旦寝室に置いてもらった。

「お茶で大丈夫ですか？」

「はいっ」

「藤城くん、私やるよ」

木内さんに任せて俺は間宮さんの手伝いをする。間宮さんはいろんな資料を印刷してきたらしい。

ＳＮＳの傾向やうちの営業が使っている営業資料なんかもクライアント獲得のために必要なものだと思ったらしい。

「木内さん、ありがとう」

「では、まずはネコカフェ企画の反省点から行きましょう！」

間宮さんも木内さんも職場と同じ顔で真剣にディスカッションする。ネコカフェ企画はフォロワー数は伸びたものの、クライアントの獲得には繋《つな》がらなかった。

「原因はなんでしょう？」

「あのネコカフェが営利目的じゃないからじゃないですかね」

俺の言葉に木内さんが「確かに」と答える。

「じゃあ次の企画に活《い》かすには、営利目的で動いているものを取り上げるのがいいんじゃないかってことですか？」

「ただ、社内のＳＮＳなんで同時進行がいいと思いますけどね？」

そこの塩梅《あんばい》はうまくやることが重要である。絶対に成果につながらなくても自分のＳＮＳのブランディング的に載せた方がいいものや載せたいものを載せるってのがファンの獲得に繋がったりするし。

「同時……進行？」

間宮さんは難しそうに眉間にしわを寄せる。

「でも、難しいね。やっぱりＳＮＳを見てうちの会社にお仕事をお願いしたいなんてクライアントからアクションが来るなんてなかなか……」

木内さんが資料を確認しながら言う。

「やっぱり私、向いてないのかな」

「そんなことありません！　木内さんはもうチームメンバーですから絶対に成功させて守ってみせますよ！」

間宮さんがフンスッと鼻息を鳴らす。心強いんだか頼りないんだか。でも、間宮さんのここぞという時のパワーは計り知れないからな。

「じゃあ次の企画は……クライアントさんが見つかりそうなジャンルのものがいいってことだよね」

木内さんがそれた話を元に戻す。

しかし、いい案は出ない。そもそもSNSで映《ば》えるような企画ってのはすでにどこかの代理店が動いている可能性が高い。

となると新しい何かを探らないといけない。

もしくは、圧倒的なインフルエンサーになれば映えるものを撮るだけで「宣伝をしてほしい」とクライアントから連絡が来ることはある。

会社のSNSフォロワーはまだ1万強。つまりはそこまで拡散能力はない。

「難しいですねぇ」

間宮さんが頭をかかえる。木内さんもしょんぼりした様子だ。

「そうだ、議題も煮詰まってきましたし、夕食のお寿司なんてどうです?」

俺の提案に目を輝かせた間宮さん、木内さんもお腹《なか》に手を当てて「お腹すいた」とぼそっ。

俺と木内さんは昼飯抜いたからもう限界なのである。

「特上！　特上！」

間宮さんが嬉《うれ》しそうにぴょんぴょんする。

木内さんはその横で、

「間宮さん、お洋服汚れちゃうといけないので部屋着に着替えたらどうです？」

と提案している。

木内さんの方が年下なのになんか逆に見える。

でも、間宮さんのこういう底抜けに明るいところがチームの良くない雰囲気を明るくしてくれていてありがたいなと俺は感じた。

「藤城さんっ、美味《おい》しそうですぅ」

「ちょっと待ってくださいね、味噌汁《みそしる》はもうすぐできますから」

「藤城くん、ビール冷えてるのある？」

「ある、冷蔵庫の下の方にあったはず」

「用意しちゃうね」

「ビールが飲めるんですかっ」

間宮さんの目がキラッキラになる。

「親睦会も兼ねて、ですから用意しときましたよ」

届いた寿司《すし》をテーブルに置いて、俺は味噌汁の火を止めた。

箸は人数分あるし、グラスもあるな。

「食べますか」


奮発して特上なのは三島《みしま》部長の財布から予算が出ているからであるが、俺もとてつもなくテンションが上がっている。寿司は偽物《にせもの》さんでも手作りできない数少ないジャンル。いつかレシピ本を出したら印税で銀座のお寿司食いに行くんだ。

「藤城さん、グラスをどうぞ」

缶ビールを持った間宮さんが可愛《かわい》らしく小首を傾《かし》げた。

「いえいえ、手酌でいいですよ」

「そんな、ご遠慮なさらず」

間宮さんはひかない。なんならぐいっと俺に近寄って来る。

「ほ、ほら、俺の方が後輩ですから！　俺がお酌する側ですし！」

間宮さんがぷくっと片方のほっぺたを膨らませる。

「私、藤城さんにお酌してあげたいんですっ」

間宮さん、絶対に引かないやつだ。でもなぁ、一応マナー的には俺が年下だしなぁ。

「私が一番チームでは新入りだし、私がお2人にしましょうか?」

木内さんがフォローを入れるも間宮さんは缶ビールから手を離さない。

「私がお姉さんなんだからお2人にお酌するんですっ!」

ほらほら、と半ば強引にグラスを持たされた俺と木内さん。

間宮さんは、

「たくさん美味しく飲んでくださいねぇ」

と言いながらビールを注いで満足げだ。

俺と木内さんは顔を見合わせて微笑み合う。マナーなんて関係なくやりたいと思ったらやっちゃう間宮さんのまっすぐさは本当に眩《まぶ》しい。

「じゃ、間宮さんには俺が」

「いいんですかっ、嬉しいです!」

間宮さんがグラスを持ち、俺がゆっくりとビールを注ぐ。間宮さんは嬉しそうにグラスを……じゃなくて俺の顔を見ている。

（わっ！）

不意に超絶顔のいい間宮さんと目があって俺は缶ビールを傾けすぎてしまう。だぼっとグラスに入ったビールが一気に泡立ち……、

「間宮さん、泡がっ」

「わわっ！」

間宮さんが溢《あふ》れそうになったグラスに素早く唇をつけるとちゅうちゅうと吸った。なんとか溢《こぼ》れずに済んだが、乾杯のタイミングを逃してしまった。

「すみません、濡《ぬ》れなかったですか」

「もう、藤城さんってば、へたっぴですねぇ」

（あなたのせいっすよ！）

と言いたい気持ちを押し殺して「すみません」と謝ると俺は自分のグラスを手に取った。

「じゃあ、改めて乾杯っすね」

と向かい側にいる木内さんを見ると真っ赤になって今にも吹き出しそうな顔。

「木内さん……？」

「だ、だって、間宮さん。おヒゲがついてますよ、ふふっ」

間宮さん、ビールの泡を急いで飲んだせいで上唇に白い泡がたっぷりとついてヒゲのよ

うになっている。

しかもそれにまったく気がつかないで真剣な顔で寿司を狙っていたのだ。木内さんはその光景が面白かったようで顔をくしゃっとさせて笑っている。

「お、お恥ずかしいっ」

間宮さんはお手拭きで口を拭うと恥ずかしさをかき消すように大きな声で勢い任せに言った。

「かんぱーい！」

グラスが軽くぶつかって小気味好《よ》い音が鳴る。

俺はまず鯛《たい》から。さっぱり塩で食べたい気分だったがまぁ今日はじゃぶじゃぶ醤油《しょうゆ》とわさびで！

「おいひぃ～」

間宮さんが最初に食べたのは大トロ。とろける表情でほっぺを押さえる間宮さん、今日もビジュがいい。

「美味しい」

木内さんは、しめ鯖《さば》を食べている。渋いチョイスだけどビールには最高に合うよな。

「藤城さんはどのネタが好きですか？」

間宮さんはごくっとビールを飲むと首を傾げた。ちょっと酒のせいで赤くなったので色っぽく見える。

「俺は、いくらですかねぇ。プチプチの食感が好きです」

「なんとっ、私もいくら好きです～」

酒を飲んでいつになくデレデレ全開の間宮さん。木内さんは「藤城くん、グラス」と冷静に俺のグラスにビールを注いでくれる。

「木内さんはどのネタが好きですか？」

間宮さんは木内さんに対しても興味津々《きょうみしんしん》である。

「私は……たまご」

「かっ、可愛い」

間宮さんはちょっと照れている木内さんを見て呟《つぶや》くと、

「ふ、藤城さんはどっちが可愛いと思いますか！　いくらとたまご！」

と意味不明な質問。間宮さんだいぶ酔っているな。

「いやいや、寿司のネタですからね」

「わ、私も気になるかも……」

木内さんまで……！

「ほ、ほら、それぞれ良さがありますよね？　いくらはプチプチ楽しくて、たまごは優しい味っていうか」

間宮さんがジト目になる。木内さんもほろ酔いで表情が柔らかく崩れている。

「藤城さんの……」

「藤城くんの……」

間宮さんと木内さんの声がハモる。

「浮気者《うわき》っ！」

（なんで～～～！）

寿司を食べ終えてほろ酔いの間宮さんと木内さんは順番に風呂《ふろ》を済ませ……、俺は今、女子の部屋着の可愛さに悶《もだ》えているのがバレないように、クールな表情を作ることに必死だ。

間宮さんはモコモコで真っ白なＴＨＥ女子な部屋着。ショートパンツなのでいつもは見えない太ももがチラリ。

って何見てんだ俺。

しかも、間宮さんの部屋着はフードをかぶると羊になれる可愛いデザインでとてもよく似合っている。

風呂上《ふろあ》がりで三つ編みのツインテールにしていてそれがまた可愛い。

一方で木内さんはワンピースタイプのシンプルな部屋着。落ち着いた雰囲気で大人な女性のイメージにピッタリである。

（平常心だ、藤城。これは仕事！　合宿！）

目の前の天国のような光景に俺は気持ちを抑えつつ、冷静さを保つ。

「藤城さんはお風呂はいらないんですか？」

「あとでシャワーだけ入ろうかなと……、お2人がお休みになったらささっと」

間宮さんはいちごのチューハイを持ったまま不満げに頬を膨らませる。こりゃ完全に酔っているな。

「お背中お流ししようと思ったのに～」

「は、はい?!」

「わ、私も藤城くんの背中なら……」

間宮さんと木内さん、それはちょ……。だめだめ！　想像するなって俺！

俺の脳裏に浮かぶタオルで体を隠した間宮さん。俺の後ろに座ると優しく背中を洗ってくれる。

いつもは下ろしている長い髪の毛を結い上げた間宮さん。木内さんも同じく髪をちょっと高い位置で結い上げていた。

「お背中綺麗《きれい》にして差し上げますね〜」

女性と風呂に入るのなんて経験がないから完全にギャルゲっぽくなってしまう。

現実の女性はこんな、夢みたいなことはしてくれないに決まってる！

ダメダメ、藤城！　戻ってこい！

「わ、私だって……」

間宮さんに割りこんで木内さんが俺の背中を洗う。俺の後ろで美女たちが繰り広げる光景に俺はぐっと血がたぎってしまう。

「すみません！　ちょっとタバコ吸ってきます！」

俺はイケナイ妄想をかき消すようにタバコをひっつかむとベランダへと向かった。

キョトンとした顔の間宮さんと何かを察して顔を赤くしていた木内さんが見えてしまったのは内緒だ。

タバコの煙を吸い込んで俺はやっと冷静に戻る。危なかった。

完全に酔っ払い間宮さんのペースに巻き込まれるところだった。

(にしても、今回の合宿で得られた成果とは……？)

まぁ2人が仲良くなったんだろうし、チーム的にはよかったのかもな。とはいえ、クライアントとフォロワーを獲得できるいい企画は出なかったな。

今回は、偽物さんアカウントでいいねを押そうが有名グラドルがいいねを押してくれようが解決は難しい。

「どうしたらいいんかな」

2本のタバコを吸い終えて俺が部屋に戻ると間宮さんはうとうとと。木内さんも眠そうに目をこすっていた。

「お2人はベッドで……ちゃ、ちゃんとシーツも枕も洗ってるんで、どぞ」

木内さんはすっと立ち上がると、

「間宮さん、寝ましょう」

と間宮さんを支えるようにして寝室へ入っていった。しばらくして、

「藤城くん、おやすみ」

と木内さんが俺に毛布を渡してくれる。ありがてぇ。

「おやすみ」

木内さんはぴしゃりと寝室の扉を閉め、俺もソファーに横になった。酒のせいもあってすぐに眠気がやってくる。

あぁ、シャワー浴びようと思ったのに。まぁいいか。

シャワーは明日の朝、超早く起きて浴びればいいだろう。

社会人になって半年ちょい。俺は今……人生で一番充実しているかもしれない。

楽しい学生時代を取り戻しているような心地よい気分で俺はゆっくりゆっくり目を閉じた。

翌朝

俺は早めの目覚ましを止めて、バキバキになった体をやっとのことで起こした。ソファーで寝るのなんて大学生のときは余裕だったのに……きつかった。

おそるべし時の流れ。まさか俺はこのまま独身のおっさんになって死んでいくんじゃないか。恐ろしい。

「2人はまだ起きていない……な」

寝室の扉を確認するとしっかりしまっている。

どうやら女子2人はまだ寝ているようだ。

2人が眠っている間に、サクッと朝シャン入っちゃいますか。

女子たちもすっぴんがどうのとか髪の毛がどうのとかで俺に見られたくないとかそういう事情があるかもだし……。

俺は眠くてぼーっとする意識の中、洗面所へと向かった。まずは顔を洗ってそれから、あぁ着替えはめんどいからそのままでいっか。

ふわっとあったかい空気に触れても眠気が覚めない。

洗面台の蛇口をひねって口をゆすぐ。歯ブラシをとって歯磨き粉をつける。

その時、ガラガラッと扉が開いた。

扉が開いた……？

パチッと電気を消す音、水の余韻が残る音と一気に流れてきたシャンプーのいい香りと暖かくて湿った空気。

「ふ、藤城さんっ！」

驚いた声は間宮さんのものだ。俺は見ちゃいけないと頭ではわかっていながらも思わず目を向けてしまった。

そこには何も身につけていない、タオルさえ身につけていない間宮さんが立っていた。

濡《ぬ》れ髪でメイクもしていないのに死ぬほど綺麗だ。女性の風呂上がりってこんなに綺麗なのか……？

じゃなくて！

「ま、間宮さんっ！」

俺の眠気は一気に覚めていく。

「ふ、藤城さんっ⁉」

なんと浴室から裸の間宮さんが出てきたのだ。幸か不幸か湯気のせいで全貌は見えずに？　済んだが、間宮さんは顔を真っ赤にして胸を隠している。

「きゃ〜っ！」

時が止まるとはこのことで、俺はすぐに退散しなきゃいけないのに体が動かない。

目の前の間宮さんはまるでギリシャの彫刻みたいだ。グラビアアイドル顔負けの鬼スタイルで俺の目を焦がす。

「そ、そんなに見られたらはずかしいですぅ……」

間宮さんがぎゅっと体を縮める。その仕草で俺は現実に引き戻された。

「し、失礼しました〜！」

俺は歯ブラシを放り投げて洗面所を後にした。

◆

「すみませんでした」

スライディング土下座の勢いで俺は濡れ髪の間宮さんに謝っていた。

「だ、大丈夫ですよ。ふ、藤城さんですし」

その答えは嬉《うれ》しいのか嬉しくないのか微妙だな？　と思いながらも俺は頭を上げた。間宮さんは濡れた髪をバスタオルで拭きながらラフなTシャツ姿で困ったように笑っていた。

キッチンでは木内さんが料理をしながらも冷たい声で、

「そういえば更衣室の時も言ったよね」

と少々お怒り気味だ。

そう、俺には前科があるのだ。

◆

あれは数ヶ月前、俺が残業終わりだった時のことだ。

俺は女子更衣室に足を踏み入れて電気のスイッチまで向かった。

「ひぃっ……」

——え??

俺のものではない声。誰もいないはずの女子更衣室。

俺は反射で振り返ったのだ。

「きゃ——っ！」

俺の視界に飛び込んできたのはピンク色の下着姿の女子だった。長い黒髪にかなり豊満な胸、外国人のようなグラマラスなスタイル。

木内さんは顔を真っ赤にして両手で胸を隠すように押さえていた。

◆

女子更衣室に確認もせず足を踏み入れて着替え中の木内さんに遭遇してしまった苦い思い出だ。

その時も許してもらえたものの確認を怠らないと約束したはずなのに。

今回も寝ぼけていたとはいえ、家に女性がいる状態で洗面所（脱衣所）に確認もなく入るのはマナー違反だよな。うん。

「藤城さん、仕方ありませんよ。それに……」

間宮さんははずかしそうに顔を赤らめながらも俺の背中をぽんぽんと叩《たた》いた。

そして間宮さんは真っ赤な頬を隠すように両手で押さえると俺の耳元で、

「藤城さんにだったら見られても大丈夫です」

と囁《ささや》いた。

間宮さんはうるうるの瞳で俺を見つめながら恥ずかしそうにしている。

（イマ、なんて?!）

「へっ？」

俺は思わず変な声が出てしまう。

「も、もうっ。気をつけてくださいねっ！」

囁いた言葉とは真反対の言葉を言うと間宮さんはプイッと可愛《かわい》く怒った表情でそっぽを向いた。

そっぽを向いたもののチラチラと横目で俺の様子を窺《うかが》う間宮さん。

俺は多分、許してもらえたらしい……？

「藤城くん、朝ごはんは私と間宮さんが作っちゃうからお風呂《ふろ》、入ってきたらどう？」

木内さんが状況を察したのか優しく声をかけてくれる。そうだ、俺はシャワーを浴びようと思ってたんだった。

「ありがとう、シャワー浴びてきます」

「ごゆっくり〜」

間宮さんはニコニコしながら俺に手を振る。さっきのは本心だったのか……？　まさかな。

俺にならば見られてもいいよ、なんてそんなセリフ言うわけがないだろう。寝ぼけてたんだ俺が。うん、そうに決まっている。

「藤城くん、まだぼーっとしてるの？」

間宮さんと木内さんがうちのキッチンに立っている。

木内さんは持参してきたのかシンプルな赤いエプロンをしていて、間宮さんはラフなTシャツにショートパンツ姿。生足がちょっと寒そうだ。

キッチンに立っている２人をぼーっと見ていると俺の脳裏にちょっとした妄想が浮かぶ。

間宮さんは甘々の奥さんで木内さんはちょっとキツいがしっかりした奥さんになるんだろうな。

おいおい、何妄想してんだ俺。まだ寝ぼけてんのか。

今度こそサクッとシャワーを浴びて、間宮さんの裸を脳内から消すように冷水まで浴びて俺、無事復活。

ドライヤーで髪を乾かし終わる頃には朝食のいい香りが漂い始めていた。

キッチンの方では間宮さんと木内さんの楽しそうな声。正反対に見えるあの２人は意外と気があうらしい。

何か共通の好きなものでもあったりするのかも。

好きなもの……好きな……。

「あっ！」

俺は思わず大きな声を出してしまう。

「藤城さんっ？」

「藤城くんっ？」

間宮さんはおたまを持ったまま、木内さんは木ベラをもったまま脱衣所に突入してくる。

「企画！　思いついたっす！」

あまりに突拍子もない発言だったのか間宮さんと木内さんは顔を見合わせて首をひねる。

「と、とにかく朝食食べながら話します」

俺は2人の背中を優しく押しながら脱衣所を出る。絶対にこの企画なら二つのミッションもクリアできる。

ついでに、木内さんが心から楽しめる仕事でもあると思う。

「ふふっ、私と間宮さんで作ったオムライス。たくさん食べてね」

「心をこめてつくりましたっ」

「間宮さんはケチャップでお絵かきしただけじゃないですか」

「あぁ〜、それは言わない約束ですよぉ」

間宮さんがぽかぽか木内さんの胸元を叩く。木内さんは「はいはい」と間宮さんをいなしながらオムライスをテーブルへと運んだ。

幕間《まくあい》3

藤城《ふじしろ》くんと一旦別れて、あと30分で合流することになった。急いで帰ってメイクと髪を仕事モードにして……ちょっと遅れてしまうかもしれない。

私は部屋の姿見に映った自分を見て恥ずかしくなる。

デートなんて人生で初めてで、昨日一生懸命雑誌を読んだだけの付け焼き刃じゃ藤城くんに可愛いって思ってもらえなかったかもしれないな。

だって藤城くんはあの間宮《まみや》さんといつも一緒にいるんだもん。

私なんて霞《かす》んじゃったかも……。

「だめだめっ、マイナス思考じゃ間宮さんに負けちゃうっ」

私はメイクを落として着替えて髪をぎゅっと後ろで結んだ。

魔法少女サナベルのフィギュアをゲームモニターの横に置いた。藤城くんと一緒にとった初めてのプレゼント。

藤城くん、本当にかっこよかったなぁ。好きだなぁ。

サナベルを眺めながら藤城くんとの夢のような時間を思い出してニヤニヤしてしまう。

高校生の頃の私がいたら教えてあげたい。

また藤城くんと出会えて、それでデートまでしちゃったんだって。

「え、待って……私これから藤城くんの家に行くんだよね」

鏡に映る地味な自分を見て「やってしまった」と焦《あせ》る。付け焼き刃でも可愛いままの方がよかった……？

でも、仕事の一環で合宿するのにチャラチャラした格好だと幻滅しちゃうかもしれないし……。

藤城くんは可愛いのと真面目なのどっちが好きなの?!

「ダメだ、もうすこし悩もう……」

こうして私は時間の制限が来るまで服とメイクに悩んでしまったのだった。

チームミッション5　新企画をバズらせよ！

「ゲーム実況?!」

間宮《まみや》さんがケチャップを口につけたまま大きく仰《の》け反《ぞ》って驚いた。

「昨日話した二つが揃《そろ》ってる企画かと思って。まず、ゲーム実況は結構人気のジャンルで神プレイや人気シーンを切り出した動画もバズってます」

間宮さんが「ほぅほぅ」と頷《うなず》く。

「そして、ゲーム実況でもしも再生回数が回れば……ゲーム会社さんから紹介してほしいって言われる、つまりはクライアントになってくれるかもしれません」

「ゲーム会社は営利企業さんですもんねっ」

間宮さんがうんうんと頷く。その通りだ。もっと言えばゲーム界隈《かいわい》はＳＮＳと密接な関係にある。

特にスマホゲームなんかだとＳＮＳでゲーム実況を見てそのままダウンロードしたりするので広告を見てから購入に至るまでの乖離《かいり》がすくない。

つまりは相性がいいのだ。ＳＮＳとゲームってのは。

「それに、一番重要なのは」

俺と木内《きうち》さんの目があう。

「木内さんがゲーム大好きだから楽しめる企画になるんじゃないかなと思って」

木内さんの顔がわっと一瞬で赤くなる。

「私は食べるのが大好きですから、食べ物系の企画。木内さんはゲームが大好きだからゲーム系の企画……素敵ですっ！　チームらしくなってきましたねっ」

間宮さんが胸の前で小さく拍手する。

「好きなものを紹介できることがやっぱり素敵な投稿になると思ったんです」

木内さんと目があう。木内さんは女の子っぽくない趣味が多いとは思っていたがそれはきっとＳＮＳでいい武器になる。

「絶対に成功させてチーム存続させましょう」

俺の言葉を聞いて木内さんがわっと泣き出してしまった。

「わ、わたし……この会社にいてもいいんだっ」

間宮さんは感情が溢《あふ》れて泣き出してしまった木内さんの頭を優しく撫《な》でると、

「大丈夫です。お姉さんが絶対に守ってあげますから」

と言った。

俺は心の中で「提案したのは俺なんですけどね」と言いたい気持ちを抑えて木内さんの背中をポンポンする。

「私っ、藤城《ふじしろ》くんと間宮さんと働きたい……ですっ」

木内さんの感情が爆発した姿は高校生時代も含めて初めて見たかもしれない。いつもクールでおとなしい木内さんのそんな姿にちょっとドキッとした。

「藤城さんっ、ご飯を食べたら早速、調査開始しますよっ！」

間宮さんは俺に強引にスプーンを持たせる。そうだ、盛り上がってすっかり忘れていたけど木内さん手作り（ケチャップのハートは間宮さん）のオムライスを食べるんだった。

「いただきます」

俺は席につくと２人に向かって手を合わせた。

「召し上がれ」

「召し上がれ」

２人の声は正反対のテンションだがハモる。俺はかまわずオムライスにスプーンを入れてパクッ。

「うま」

思わず声が漏れてしまうくらい美味《おい》しい。普段、自分で料理することの方が多いから人の手料理を食べる機会がなかったのでとても新鮮だし、何より味のバランスが抜群。

「美味しい」

もう一度感想を述べると木内さんがまた赤くなって俯《うつむ》いた。恥ずかしいのか、

「は、早く食べて企画っ、考えないとっ」

と俺を急《せ》かして来る。一方で間宮さんの方は俺を凝視しながら、

「ケチャップも適量でしたよね？」

と圧。

「は、はい、可愛《かわい》いと思います」

俺の返しに満足したのか間宮さんも「ふふっ」と笑顔になった。間宮さんが木内さんに張り合うのは一体どんな感情なんだ……。

「藤城くん、スープもあるから飲んでね」

「あ、ありがと」

「藤城さんっ、牛乳は私が入れましたっ」

「あ、あざす」

（牛乳は注いだだけだろ）

とニコニコだった間宮さんがじっと真剣な表情になり、俺が口をつけようとしていたスープマグを凝視している。

中には木内さん特製の野菜ミネストローネが入っているが……。

「あの、その器《うつわ》……偽物《にせもの》さんが作った〈元気粥《がゆ》〉で出てきた器と同じだ」

俺と木内さんに緊張感が走る。

確かにこのスープマグは２年以上前に偽物さんで紹介したことがある。スープマグを使ったレシピを１週間公開した時の……。

「そ、そうですかね？」

「はい、このスープマグをつかったレシピ。風邪をひいたときに参考にしたレシピの一つだったのでよく覚えています」

間宮さんはじっと俺の顔を眺める。まずい……、以前間宮さんが家にきたときに箸置きが見つかったことがある。

つまり、リーチ……ってかアウトかも……？

ドキドキと心臓が音を立てる。木内さんもどうしようと目を泳がせていた。

「あ～、俺も偽物さんの投稿見て買ったんすよ！　俺も悲しい男の一人暮らしですからねっ」

間宮さんはしばらく俺の表情をジト目で見つめると、

「藤城さん、偽物さんを真似《まね》するくらい大好きなのにあんまり偽物さんの話してくれないですよね」

と痛い一撃。

こういうときだけ間宮さんの鋭いのなんなんだ……！

「ははは～、間宮さんほど好きってわけじゃ……ほら偽物さんは男性ですし、俺も男性ですから～」

「ふ～ん」

とまだ何か怪しんでいる間宮さん。俺は背中に冷や汗が伝うのを感じる。

「さっ、食べないと冷めちゃいますよ～」

木内さんが苦し紛れのフォロー。

「さ、冷めないうちに食いましょう！」

疑いの晴れないまま俺は間宮さんの質問に答えられないくらい口いっぱいにオムライスを頬張った。

美女2人に囲まれるちょっと贅沢《ぜいたく》で重い朝食をしながら、俺たちは強化合宿の成果としてゲーム実況に関する調査とディスカッションをした。

昨日俺と木内さんが大量に獲得した駄菓子を食べながらぐんぐんと企画は練られていく。

「カメグラの機能の一部で動画が投稿できるカメグラTVってのがあるのでそれを使用しましょう」

俺の提案に間宮さんが「おぉ」と相槌《あいづち》を入れる。

ただ、カメグラTVは偽物さんでもたまーに使う。料理中の手元動画を撮ることがあるのだが……ただ俺の場合は音声の処理をしないといけないのでめっちゃ面倒くさくてほとんどやっていない。

「会社の撮影部屋予約できるか確認しますっ！」

間宮さん、さすが。

うちの会社は広告代理店だけあって小さな撮影部屋がある。たま〜にインフルエンサーや芸能人などが来て簡単な告知を撮ったりするが、基本的には社員や制作会社がリハーサルのリハーサルなどで使用するのでそんなに頻繁には使われない。

「よし、じゃあ明日、出社したら色々確認しましょう」

「藤城さん、私は何かお手伝いすること他にありますか？」

間宮さんは既にオムライスを平らげてお腹《なか》いっぱいの様子だ。

「間宮さんは普段通りの投稿や毎週企画を欠かさず続けてフォロワー集めをコツコツお願いします」

「あ、そうだ」

木内さんが何かを思いついたのか間宮さんの方を見る。

「撮影する時の衣装なんですけど……、スーツでいいと思いますか？」

手元のキャプチャを動画に入れるに当たって衣装はちょっと大事だったりする。

「確かに、ゲーム女子感を出すんだったらぱっと見て女性だってわかる衣装がいいかもね」

と俺は言ってみたものの、思いつくのはワンピースとかそういうひらひらした可愛いやつとか……？

「スーツ……いいと思います！　お仕事女子がゲームをバシバシやるのはかっこいいと思います！」

間宮さんのアイデアを聞いて俺は思い浮かべる。スーツを着たぱっと見で社会人とわかる女性がバッチバチにゲームでキルを決めていく光景。

「それ超かっこいいかも」

「す、スーツならいっぱいもってるからすぐにでもできます」

と木内さんも賛成のようだ。

「よし、決まりですねっ！　絶対目標をクリアしましょう！」

◆

「へへ～ん、フジくん見てみて～！」

元気なヒナちゃんはスマホの画面を俺の顔面にくっつくんじゃないかってレベルで見せつけて来る。

「な、なんだなんだ」

「みてみて～、ヒナが作ったアプリ！」

そうだ、すっかり忘れてたけどヒナちゃんのこの２週間の課題は「独自のアプリを作ってみる」ことだった。

「ヒナ最近、ＴｏｋＴｏｋ〈トックトック〉にハマっててさぁ」

ヒナちゃんは猫の手を作って顔の前で手を揺らしながら腰を揺らす「猫ダンス」をやっ

てみせる。

制服を着ているからか破壊力抜群。

「へぇ、やっぱり若い子の間ではショートムービーが流行《はや》ってるんだなぁ」

「そうそう、でね！　ヒナ思ったんだァ」

ヒナちゃんは俺に背を向けるとズンッと勢いよく俺の膝の上に腰を下ろして振り返り、上目遣いで見つめて来る。

女子高生が社会人の膝の上に乗っかってるちょっと危ない状況に頭が混乱する。

「ちょ、こらっ」

ヒナちゃんは意外に力が強い。俺が押そうがビクともしない。

「簡単にＴｏｋＴｏｋ用の動画が編集できたら楽だなぁって……じゃじゃ～ん！　ヒナの作った簡単動画編集アプリ！　みてみて～！」

ヒナちゃんは俺の膝の上からひょいっと飛び降りると、

「すごいでしょ！　褒めてくれてもいいんだよ？」

とニコニコ。いや、めちゃすごいんだけど……いやもはや才能しかないじゃないか。俺はアプリとか開発する系のエンジニアじゃないからよくわからんが、ヒナちゃんにうちの会社は勿体《もったい》なさすぎるんじゃ……？

「すごい、俺でもできないかも」

「意外に簡単だよ〜、カットと字幕入れと簡単なエモートしか入ってないし〜！」

素直に褒められると照れ臭いのかヒナちゃんは頬を赤くしてそっぽを向く。

「そういえば、みーちゃんとユリちゃんは？」

ヒナちゃんが俺に変ないたずらをしてもツッコむ２人がいないことにやっと気がついた。

「２人ともお仕事だよ」

「ふ〜ん、フジくんも？」

（俺はヒナちゃんの世話が仕事だ）

なんて口が裂けても言えないので、

「今日は開発部の仕事」

と短く答える。

ヒナちゃんは退屈そうに椅子に座ると言った。

「みんないないと寂しいねぇ」

そうは言うものの、間宮さんも木内さんもチームミッションをクリアするのに必死なのだ。木内さんは一番流行っているフリーゲームで神プレイを出すために頑張っている。

間宮さんの方は毎日投稿を続けながら、取材を受けたりと外に出る機会も多くなっている。

俺はそんな2人にアドバイスをしながら開発部の雑務もこなさねば。

「ねぇ、フジくん。ちょっと覗《のぞ》きにいかない？」

ヒナちゃんは立ち上がると俺の方に寄ってきて、

「こっそり見ちゃおっ」

と俺の手を引っ張る。そのままオフィスを出てリラクゼーションスペースを通り、奥の方にある撮影部屋へと向かう。

ヒナちゃんは唇に人差し指をあてて「シーッ」と言うとこっそり撮影部屋のドアを開けた。

「みーちゃん、頑張ってるねぇ」

撮影部屋では木内さんがかなり真剣にゲームをしていた。ちょっとセクシーなスーツで正座をしコントローラーを握っている。

ゲーム実況だからもっと「きゃー」とかそういうリアクションをしているのかと思いきや全く違う。

まさに木内さんは職人の如《ごと》く黙々とゲームをしている。

「すごいね」

ヒナちゃんが小声で囁《ささや》く。木内さんの目は真剣そのものでなんというか、そのほんとすごい。

木内さんを映す手元のカメラには顔は映っていないが大きな胸が映り込んでいる。別の意味で人気が出るんじゃないか……と思いつつ俺はその考えを心にしまい込んだ。

「次はユリちゃんだね」

ヒナちゃんと俺はゆっくり撮影部屋の扉を閉める。木内さん、頑張ってたな。楽しんでいたかどうかは別として、いい結果になるといいなぁ。

「フジくん、ユリちゃんは会議室で取材をうけてるみたい、見に行こう」

俺とヒナちゃんは撮影部屋を後にして会議室が並ぶ廊下へと向かう。

うちの会社の会議室はガラス張りになっていて中がよく見える。なんでも会議室を個人的に予約して居眠りする人がいたからオープンなスペースにしたらしい。

そのおかげで会議室の中の様子は廊下から拝見できる。間宮さんは一番おしゃれな来客用の会議室を予約していたはずだ。

「こっそりチラ見ね」

ヒナちゃんがニヤリと悪い笑顔で言った。俺は仕方ないなと笑うふりをしながらちょっとだけ間宮さんの仕事っぷりが気になっている。

「いたいた」

ヒナちゃんが「忍び足っ」と忍者の真似《まね》をしながらちょっと飛び上がる。ふわりとヒナちゃんの制服のスカートが揺れて白っぽい何かが見えた気がした。

俺はそれを振り払うように目をそらすと間宮さんがいる会議室を横目で見る。

音は聞こえないが間宮さんが笑顔で身振り手振り、記者とみられる女性に何かを説明していた。

「ユリちゃん、頑張ってるねぇ」

「そうだね」

「ユリちゃん、ほんとお仕事好きって感じで羨ましいなぁ」

ヒナちゃんがボソッと呟《つぶや》いた。

ヒナちゃんはプログラミングとかそういうの嫌いなのかな？

「ヒナちゃんはプログラミング以外に好きなこととかある？」

俺とヒナちゃんはリラクゼーションスペースを通り過ぎてオフィスへと戻ってくる。ヒナちゃんは結構な天才プログラマー要素があるが楽しくないのだろうか。

「ヒナ、やっぱりネイルとかそういうの考えるの好きなんだよね」

「ね、ネイル？」

「うん、みてみて～、夏休み特別仕様！」

ヒナちゃんは手の甲を俺に見せつけて……じゃなくてネイルを見せつけてくる。キラッキラのピンク色のネイルは宝石みたいな大きなパーツやラメなどで飾られ、統一されたデザインの中でも微妙に違いがあるようだ。

よくカメグラでもネイルを上げているカメグラマーがいるが、俺には魅力がわからなかった。

でもヒナちゃんのネイルはデザインに統一感があるし、何より本人によく似合っていて可愛《かわい》い。

「これぜーんぶヒナがやったんだぁ」

「全部？」

「うん、色合いとか～ストーン選びとかぁ」

「そういうの興味あるの？」

「まぁね、プログラムもそうだけど配置とかフォントとかさ、ちょっと工夫すると可愛くなるじゃん？　ヒナのセンスがいいからってのもあるけどね～！」

片眉をクイッと上げて自慢げなヒナちゃん。生意気である。

「さ、間宮さんも木内さんも頑張ってたし、俺らも仕事、仕事っと」

「フジくん、アプリ作りの後は何したらいい～？」

せっかくヒナちゃんを働かせるんだし、ちょっとは役に立ってもらわないといけないよな。

そうだ、ちょっとデザイン的な、ヒナちゃんが楽しめそうなことをやってもらうのもありかも……？

「ヒナちゃんが作ったアプリもう1回見せて」

ヒナちゃんはニヤリと嬉《うれ》しそうな顔をするとスマホを俺に渡してくる。キラキラのソフトクリーム型のスマホケースに入っていてめっちゃ使いにくい。最近のJKはこういうのが好きなんだろうか。

ヒナちゃんが作ったアプリはまずアイコンがラブリーなハート。アプリ名は（仮）になっている。

「ヒナちゃんって可愛い感じのデザインが好きなんだね」

「やっぱJKだし？　とびっきり可愛いのがいいかなぁと思ってフリーのやつでめっちゃ探したんだぁ」

「あぁ、そっか。フリーアイコン探したんだな」

「うん、でねアプリの中身もみてみて」

アプリを開いてみるとＴｏｋＴｏｋのデザインに似た黒と紫のデザインになっている。機能は、動画読み込み機能、カット機能、字幕入れ機能とシェア機能とシンプルかつ使いやすい構成だ。

「これヒナちゃんがデザインしたの？」

「もちろん！　アプリの色とかはヒナが考えたよ。ＴｏｋＴｏｋに寄せて真似っこしただけだけどさ」

「フジくんが見てもわかんないよねぇ」

「デザインちょっとできることやってみたい？」

「やる！」

即答である。ヒナちゃんはブンブンと尻尾を振る犬みたいに目を輝かせた。

「じゃあ、次の仕事は……」

「社内ＳＮＳのまとめページを作ってみようか！」

ＨＰのデザインはプロのデザイナーの仕事だが、今回ヒナちゃんに使用してもらうのはＨＰ作成ツールを使った簡単なものだ。

「このＨＰ作成くんを使って……フリー画像をチョイスして自分で配置や色合いを考えてみよう」

「ヒナやってみたいっ！」

「もっと中身をいじれるようであればチャレンジしてもいいよ」

「ほんとっ？」

「うん、もちろん」

「キラッキラにしても怒られない？」

「まぁ、大人向けがいいかなぁ」

「もしも、すごいの作ったらご褒美《ほうび》は？」

ヒナちゃんの子供っぽい笑顔を見ていると、子供に飴《あめ》をあげるおばちゃんの気持ちがよくわかる。可愛い。

「三島《みしま》部長がうちのデザインチームに掛け合って本番用のＨＰに入れ込んでくれるかも」

三島部長が「ぶぶーっ」とお茶を吹き出した。寝耳に水だったらしい。

「藤城くん、なんつー無茶を……」

三島部長は俺とヒナちゃんを交互に見て、

「よぉし、がんばっちゃおうかねぇ」

とおどけて見せた。

「ヒナがんばるっ！　フジくんからもご褒美ほしいなぁ。ヒナ、２人っきりでデートしたいなぁ」

ヒナちゃんの幼い上目遣い。こっちは完全に女子の顔だ、ませやがって。

「いや、ほらそれは犯罪じゃ……？」

「別に両親の了解があればいいんだよ？　ヒナ、フジくんならお婿さんに来てくれてもぜーんぜんＯＫ」

お婿さん、といわれて俺は急に思い出した。目の前にいる子供っぽいＪＫは超絶お嬢様学校に通っているのだ。

多分、お家《うち》もすごい会社とかそういうので、ヒナちゃんは小さい頃からお婿さんをもらう前提なんだろう。

なんでバイトしているんだろうこの子、マジで。

「はいはい、うまくいったらな」

俺のテキトーな返事にヒナちゃんは満面の笑みで頷《うなず》いた。

そんなゆるふわなやり取りをしていると……。

「ただいま戻りましたよ～！」

と良《い》いタイミングで間宮さんの声。今日は取材があったようでスーツ姿だ。すっかり暑くなったので間宮さんは基本のスリーブのブラウスに長い髪の毛はポニーテールにしている。

色気ムンムンでクラクラするほど今日も綺麗《きれい》だ。

「藤城さん、ちょっとお出かけしませんか?」

着いて早々、間宮さんは外出の提案だ。なにか企《たくら》んでいるのか間宮さんはニマニマしている。きっと食べ物のことを考えているんだろうな。

「は、はい。でもどこへ?」

「ふふふ、それは内緒ですっ」

間宮さんは「行きますよ~」と言うとさっさとオフィスを出て行ってしまう。マジで忙《せわ》しない人だ。

時刻は16時。お昼も済ませているし、間宮さんは何を買いにいくつもりなんだろう?

「木内さんへの差し入れを買いに行きますっ!」

と間宮さんはかっこよくエレベーターの中で言ったものの、その直後に間宮さんのお腹《なか》がぐぅとなった。

「間宮さん、お腹減ったんすか?」

「はい～、取材取材でお昼食べられませんでした」

しょんぼりした間宮さんは可愛らしくお腹を押さえた。

間宮さんといえば、朝おしゃれなサンドイッチを食べたと思ったらがっつり系の昼食を食べ、おやつにおにぎり三つは食べる食いしん坊だぞ。

それがお昼を食べてないというのは緊急事態である。

「それに、頑張る木内さんのために、お姉さんの私が甲斐性《かいしょう》みせないとじゃないですかっ！」

間宮さん、やる気に満ちた目で俺をみつめてくる。

「で、差し入れを買うって何か目星はついているんですか？」

間宮さんは俺の質問にニヤリと笑顔で答える。

「もちろんっ、藤城さんが教えてくれたんですよ～。ＳＮＳに載せられる最先端のものを常に調査しておけって」

俺はエレベーターの「開」ボタンを押して間宮さんを先に降ろす。間宮さんが動くととてもいい香りがする。爽やかな石鹸《せっけん》みたいな香りだ。

「ふふふ、２ヶ所によります！」

「２ヶ所？」

「はいっ、まずは最近話題の今川焼きを買いに行きますっ」

あぁ、それは最高。

俺も思わず喉を鳴らす。今川焼きの香ばしい匂いと甘すぎないあんこ、外はサクッと中はふわふわの生地はおやつに最高である。

偽物さんのアカウントでも何度か流行《はや》っているお店を取り上げたっけ。

「今川焼きってチョイスがいいっすね」

「ふふふ〜、ついでに……と言ったら何ですが、藤城さんに約束を果たしてもらおうかなって思ってまして……」

「約束？」

「ほら、私が以前のフォロワー数ミッションをクリアしたら偽物さんと同じ箸置きを買ってくれるって言ってたじゃないですかっ」

言ったわ。俺、すっかりそのことを忘れていた。

「私もすっかり忘れていたんですが、この前の合宿で藤城さんの家に偽物さんグッズのスープマグがあったでしょう？　あれを見て約束を思い出しまして……」

「よし、もちろん。俺がおごります！」

間宮さんは嬉しそうに「やった〜！」と言うと俺の先をずんずんと歩いて行った。

神楽坂《かぐらざか》にある雑貨店に到着すると間宮さんは「箸置きっ、箸置きっ」と店内を見て回った。

このお店は陶器で作ったオリジナルの雑貨が売られていて同じものはほとんどない。偽物さんで紹介した猫の箸置きは、ありがたいことに偽物さん効果で似たような柄が売られるようになっていた。

「いらっしゃいませ、何かお探しでしょうか？」

人の好《よ》さそうな店員さんはこのお店の主人の奥さんだ。ご主人は田舎で陶芸をやっていて、奥さんがこのお店でご主人が作った陶器を販売しているのだ。

和装が大変上品で立っているだけで絵になる凛《りん》とした女性だ。物腰もやわらかく素敵な方である。

「こんにちはっ、実は偽物さんで紹介された猫ちゃんの箸置きをさがしていまして……」

奥さんはにっこりと微笑《ほほえ》むと、間宮さんを案内しながら、

「うちは同じものは一つとして作らない主義だったのだけど……この子が一番似ているかしらね」

奥さんは色々な柄の猫の中から偽物さんで紹介された茶トラ猫のものを取ると間宮さん

に手渡した。

俺は奥さんの一言で「俺＝偽物さん」がバレるのではないかと若干ヒヤヒヤしたが、

「かわいい～」

間宮さんは感づいていない様子。よかった。

「でしょう？　うちの主人、無口で頑固ものだけど可愛《かわい》いものが大好きなのよ」

「それは俺が払います」

と奥さんから猫の箸置きを受け取る。箸置きにしてはちょっと贅沢《ぜいたく》な値段だが、そういうちょっとした贅沢ができるのは社会人の特権だしな。

ふふふと上品に笑った奥さんは、

「あら、いつもご贔屓《ひいき》に」

と会釈《えしゃく》してくれた。俺も頭を下げる。

「そうだ、お２人は猫ちゃん飼ってたりするかしら」

「いえ、猫ちゃん？」

間宮さんが首を傾《かし》げると、奥さんは綺麗な器《うつわ》を手にとって、

「これ、猫ちゃんの水飲みなんだけどなかなか売れなくって。もし飼っているようなら……お値引きするから引き取ってくれないかしら」

奥さん、商売上手である。

だが、俺が住んでいるのはペット禁止のマンションだ。間宮さんも猫は飼っていなかったはず。

「可愛いですねぇ、猫ちゃんの柄だ」

五つも売れ残った器はそれぞれ猫の柄が色付けられていて、縁には猫の耳らしき突起が二つ。

「うちは猫いないっすねぇ」

「そうよねぇ、ほら最近は自動給水機とかが流行っているでしょう？　だからあまり売れなかったのよねぇ」

困っちゃうわぁと奥さんは猫用の水飲み器を持って奥へ運ぼうとする。間宮さんはそれを遮るように奥さんの前に立ちはだかった。

間宮さん、猫飼ってなかったよな……？

「それ、五つ。全部買わせてくださいっ！」

奥さんは驚いた表情で目をパチクリさせた。

「あら、いいの？」

「はいっ、SNSで紹介してもよいでしょうか？」

「ええ、もちろん。あらやだ、もしかして有名なモデルさんだったかしら？」

どうりで綺麗ねぇ、と間宮さんを褒める奥さん。

「いえ、会社で広報をしているんですっ。実はですね、この前取材にお伺いしたネコカフェさんで猫ちゃんたちのお水を入れる器が古くなってしまってるのを見て……プレゼントにしようかと思って」

間宮さん、猫と遊んでただけかと思いきやめちゃくちゃ見てたんだな。ほんの半年近くだが間宮さんのお姉さんみが増したような。

あんまり間宮さんをぽんこつだ、なんてツッコミするのはやめよう。

「ふふふ、大特価でおまけもつけちゃうわよ」

奥さんは陶器の器たちを梱包《こんぽう》するために奥へと一旦入っていった。間宮さんはレジでなにやらもぞもぞ。

カバンをひっくり返してわしゃわしゃと何かを探している。そんなに持ち物を広げたら忘れ物しちゃうぞ……。

真っ赤な顔で振り返って俺に小さく手招きをしている。

俺は一緒に買おうかと思っていた小皿を置いて間宮さんのそばによる。

「どうかしました……？」

間宮さんはもじもじと人差し指を胸の前でツンツンと突き合わせ、上目遣いで言った。

「お財布……、会社に忘れてきちゃいました」

やっぱり、間宮さんはぽんこつだ。

◆

俺の財布はちょっと寂しくなったが、買い物を済ませて俺と間宮さんは会社にやっと到着した。

「さっ、藤城さん。アイスが溶けちゃいますよ～」

「俺が準備するんで、間宮さんは木内さんを呼んできてください」

「は～い！」

「なになに～、フジくん。またユリちゃんとデートしてきたの？　いいな～」

俺たちに気がついたヒナちゃんが寄ってくる。俺の服の裾をあざとく引っ張って口を尖《とが》らせる。

「ちゃんとヒナちゃんのも買ってきたぞ」

「まじ？」

「ないと怒るだろ？」

「あったりまえじゃんっ？　何買ってきたの？　ケーキ？」

「それは見てのお楽しみ」

ウッキウキのヒナちゃんを連れてリラクゼーションスペースのカフェバーへ向かう。紙皿しかないがまぁいいだろう。

ちょうどいいタイミングで木内さんと間宮さんが撮影部屋から出てきた。

木内さんは目の下にクマを作っており疲労困憊《ひろうこんぱい》だ。

「藤城くん、なんとか行けたよ」

木内さんはカウンター席にぐでんともたれると「はぁ―」とため息をついた。こりゃ緑茶よりコーヒーだな。

「ヒナちゃん、悪いんだけどみんなのマグカップ持ってきてくれるかな」

「しょーがないなぁ～」

ヒナちゃんが執務室へと戻っていく。

「で、どんな動画撮れたの？」

俺の質問に木内さんが顔を上げる。クマがひどい。

「決まってるじゃん、ビーエックスのデュオバトルをソロ挑戦だよ」

まじ？

よく俺と木内さんが遊んでいる戦争ゲームで、合計100人の50チームでどのデュオが一番強いか争うサバイバルゲームだ。

それぞれ役割分担があって、ガツガツキルを取る戦士型（ここはいつも木内さん）とサポートに徹するサポーターがペアになるのが鉄則。

ソロってことはサポートなし、もちろん回復もなしで……？

「それ、まじ？」

「ちゃんと優勝したし、30キルとった」

それは神動画確定である。しかも、手元動画ではスーツを着たOLさんがプレイしてるとあれば、速攻ゲーム業界では話題になるレベルだ。

木内さん、プロゲーマーになっちゃうかも……。

「ふぅ～、もうしばらく画面見たくないかも」

間宮さんは俺の隣でトースターに今川焼きを入れて温めていた。

「いい香り、たい焼き？」

木内さん、惜しい。

「今川焼きですよ～、しかも！」

間宮さんが熱々になった今川焼きを紙皿に載せる。その上に俺がスプーンですくったバニラアイスを載せる。

「フジくーん、マグカップ持ってきたよ～って何それっ！　おいしそぉ～」

ヒナちゃんがマグカップを俺に渡すとテンションマックスで跳ね回る。

「フジくんってば天才じゃん」

「これは間宮さんのアイデアだよ」

と俺がヒナちゃんに説明するのを聞いて間宮さんは照れて真っ赤になった。

「頑張る木内さんを応援したくって、私頑張りましたっ」

木内さんが優しく微笑むと「ありがとうございます」と言った。ここでは間宮さんが財布忘れたことは言わないでおこう。うん。

ヒナちゃんには緑茶。他３人はアイスコーヒーを淹《い》れてやっと俺もアイス付き今川焼きを前に手を合わせた。

香ばしい匂い、フォークで割ってみればとろっと熱々のあんこが顔を出す。そこに半分溶けたバニラアイスがとろりと溶け込んだ。

口に入れてみると、熱々の今川焼きに冷たいアイスが混じって不思議な感覚だ。

今川焼きの香ばしい小麦粉の匂いをバニラがより強く感じさせる。甘すぎないあんこが優しく口内で溶けて、口の中で消えてしまう。

　そこに冷たくて苦いアイスコーヒーを流し込む。口の中が幸せで、会社にいることを忘れてしまうくらいだ。

「生き返る～」

　木内さんがフォークを置いて、俺と間宮さんを交互に見つめた。

「やれることはやりました。あとは、連絡を待つのみですね……！」

「簡単なカットと編集は俺がやっとくよ」

「ありがとう、藤城くん。そうだ、今度簡単な編集は私もできるように勉強しておくね。ゲーム系の動画も継続が大事だって聞くし……。夏が終わるまであと少しだけど、私頑張るね」

　木内さんの言葉に俺も間宮さんもヒナちゃんも笑顔になった。

「カットと編集ならヒナが教えてあげるっ！」

　ヒナちゃんがすかさず俺と木内さんの間に入る。木内さんはちょっとだけ不満げだ。

「藤城くんがいいなぁ」

「みーちゃんもフジくんがすきなの～？」

「こらっ！　大人をからかわないのっ！」

木内さんとヒナちゃんがわちゃわちゃしている間に俺は後片付けをする。あぁ、美味《うま》かったな。別の焼き物和菓子とアイスの組み合わせを偽物さんでもやろうかな。
間宮さんが三つ目の今川焼きを食べ終わってふぅと一息ついた。

フォロワー数　１５０００人

チームミッション6　緊急事態は協力せよ！

「どうなってるんだ！」

と三島《みしま》部長を怒鳴りつけているのは営業部の部長だ。確かまだ30代なのに部長に抜擢《ばってき》された生え抜きで、新卒の間では「鬼教官」と呼ばれる超怖い人。

家では奥さんに尻に敷かれているらしい。奥さんはどんくらい怖いんだろう。

「先方に送った請求書が全部バグってるって……システムの問題ですよね？」

三島部長はうーんと首をひねる。

「社内システムのバグ……というより営業チームが使っているPCのスペックの問題かもしれないねぇ」

「かもしれない、じゃないんですよ」

営業部長の額に青筋が走る。

「そもそも、請求書を送付するのに確認をしないで送ったってことかい？」

三島部長、優しいながらも鋭い指摘だ。営業部長に500のダメージ。

「そりゃ、それはその……」

「開発部はバグは直すけどね、全責任を押し付けられる覚えはないね。確認不足、ほかに理由はあるかい？　確認しているのはどこだったかな？」

三島部長……強い。

的確に営業部長の急所をついていく。

「総務……、総務が請求書の発行はしてます。俺たちは金額の確認だけチャットで済ませてあとはシステムを使って総務に依頼するだけなんで……」

俺の隣に座っていた木内《きうち》さんが立ち上がる。

「それ、私のせいです」

木内さんはぎゅっと拳を握ると、

「先月まで私が担当していたんです。請求書のチェック。私が総務から抜けたせいで先輩たちは手が回らなくて……確認せずに出したんだと思います」

営業部長は木内さんを見て「あぁ、君は総務の……」と気まずそうにもごもご。多分、何度か木内さんに怒られたことがあるんだろうな。

「木内くんのせいじゃないと思うけどなぁ」

三島部長がすかさずフォロー。

総務の人たちが面倒な作業を木内さんに押し付けていたばかりでなく、木内さんが抜けたら大変で手が回らなくて忘れたとかそんな理由なんじゃないか。

俺は化粧室から間宮《まみや》さんが怒りながら出てきたことを思い出した。

「怒鳴ってすみませんでした」

営業部長が俺たちに頭を下げる。三島部長はまだ優しい笑顔のままだ。

「何か手伝えることはあるかい?」

と営業部長に問いかけると三島部長は俺の方を見て、

「うちのホープがお手伝いするよ」

なんてキラーパス。いや、キラーパスすぎんだろ!

「悪いが、今月分の請求書……150通の再発行を手伝ってほしい」

時刻は定時過ぎの19時。月初の忙しい時期を終えて総務の社員はもう退勤してしまっている。

どうしたもんか、まずシステムの履歴からバグを見つけて……先輩たちにバグを見てもらってから再発行して……。

「今日中に少なくともメールで再発行した請求書を送らないとまずい」

今日は月初の最終日。

先月の売り上げをクライアントに請求する業務が発生する時期。つまりは正しい請求書をクライアントに渡さないと売り上げにならない。

「私も、手伝います」

木内さんがまっすぐ営業部長を見て言った。

「総務に発行履歴があるのですぐに再発行リストを作成します。営業部長さんは金額が正しいか確認をお願いします」

営業部長が「わかった」と頷くとデスクの方へと駆けていく。

「藤城《ふじしろ》くんはバグを直すのに専念してもらった方がいいかも……原因がわかればどこからどこまで間違っていたかわかるだろうし」

「木内さん、でもこのあと撮影があるんじゃ……リスト作りも俺がやるよ」

木内さんはぎゅっと手をグーにして唇をかんだ。

「いいの、あのあと何度か動画をアップしてみて人気はあるけど……クライアントさん獲得までは行ってないから……。いまは、藤城くんの力になりたいな」

木内さんはそう言うと総務部の方へＰＣを持って行ってしまった。

確かに木内さんの言う通り、今は役割分担をしないといけない状況だし、俺はバグを探すのに専念した方が良《い》いと思う。

でも、正直総務のポカを木内さんがフォローするのはちょっとおかしいだろ。

「藤城さん、私も何かお手伝いを……」

間宮さんが切迫した状況を察して声をかけてくれる。間宮さんは心配そうに俺と遠くの木内さんを交互に見て眉を下げた。

「間宮さんは……、ＳＮＳの投稿をお願いします！」

「へっ？　で、でも……」

「木内さんが今日は投稿ができないので、なにか代わりになる動画の投稿を……」

間宮さんは「はっ」と何かを思いつくと、バッグと雑貨屋の紙袋をひっつかんでオフィスを出て行った。


なんとか仕事をさばいて時刻はもう夜の21時。

俺は先輩たちと協力してバグを見つけ、請求書すべてを再発行&自動メールに成功した。

「助かった。さっきは怒鳴ってごめんな」

鬼教官に俺は頭をぽんぽんされ、三島部長からも小さな拍手をもらい、ちょっとだけSEとして成長したような気がした。

「さて、明日は総務部長に言ってやらないとね、木内くん」

三島部長の優しくも力強い瞳に木内さんが笑顔で頷《うなず》いた。

木内さんの素早い情報集めと的確なチェックのおかげで営業部長はかなり助かったみたいだ。

営業部長は帰《かえ》り際《ぎわ》に、

「木内くんをうちの営業事務に欲しいくらいだな」

と褒めていたっけ。


「お疲れ、藤城くん」

木内さんは「ふ～」っと息を吐《つ》くと立ち上がって手招きをした。

「ふふふ、実はゲーム友達から良い情報もらったんだ」

木内さんはリラクゼーションスペースのカフェバーの冷蔵庫からビールを数本取ると、

「藤城くん、こっち」

と言いながらオフィスを出た。エレベーターホールで上ボタンを押す。

「上？」

「うん、しかも屋上」

エレベーターに乗り込んで、木内さんが押したRのボタン。俺はちょっとドキドキしながら木内さんの方を見てみる。

できる女って感じのスーツ。俺が知っている「病弱な柏木《かしわぎ》さん」ではなく素敵な女性の木内さんがそこにはいた。

「もうすっかり暑いね～」

「夏はパリピの季節だからあんま好きじゃないなぁ」

「藤城くんそれ、高校生の時も言ってたね」

木内さんは屋上のベンチに座ると俺にビールをよこした。プシュッと栓を開いてゴクリ、喉に流し込む。

俺も同じようにビールに口をつけた。

「今日、花火大会があるんだけど、ここのビル実は穴場スポットでよく見えるんだってゲーム仲間が教えてくれたんだ」

木内さんは花火が打ち上がる方角を指さした。

そうだっけ、あまりにも忙しかったから忘れていたけどもうそんな時期かぁ。社会人になってから時間の経過が速い。すぐ爺《じい》さんになってしまいそうだ。

木内さんはポケットから小さい何かを取り出すと、

「藤城くん、ライターある？」

と俺の方に手のひらを向ける。俺はその手のひらにライターを載せた。

カチカチッとライターをつけようとするもうまくつかないようで、木内さんは困った顔で俺を見上げてくる。

「俺がやるよ」

「じゃあ、私が持ってるからここに火をつけて」

小さな蚊取り線香だった。俺はライターで蚊取り線香の端っこに火を優しくつける。

ぼっと赤く燃える蚊取り線香に木内さんがフッと息を吹きかけた。

蚊取り線香は優しい赤色を灯《とも》して小さな煙を上げ始めた。

懐《なつ》かしい香りが漂って、子供の頃の夏休みに戻ったような気分になった。花火なんて見ようと思ったのは小学生ぶりだろうか。

学生時代は同年代の陽キャたちが集まる祭りが嫌いで近寄らなかったからな。

「藤城くん、ビールどうぞ」

木内さんは蚊取り線香をベンチの下に置くと缶ビールを俺によこす。俺は冷たい缶ビールを受け取ってしみじみする。

「大人になったよなぁ」

「そうだね、残業のご褒美《ほうび》には贅沢《ぜいたく》でしょ？」

木内さんはプシュッとタブを開けて言った。

「乾杯」

「乾杯」

俺と木内さんは缶をコツンとぶつけてビールを喉に流し込んだ。キンと冷えているビールが空《す》きっ腹《ぱら》に染《し》み渡《わた》って最高だ。

新卒半年の俺もすっかりおっさんになった気分。大人ってなんかいいな。

「木内さん、そういえば神プレイ動画すごい人気だね」

「うん、頑張った甲斐《かい》があるな」

木内さんの神プレイ動画、結構ゲーマーの間では話題になっている。

「ほら、これ」

俺がスマホを渡すと木内さんは目を丸くした。

【業界震撼《しんかん》！　顔を見せぬゲーマーOLの正体とは……?!】

有名なブロガーの記事を読み進めながら木内さんが「あっ」と声を上げた。

「偽物《にせもの》さんと似た構成で人気を獲得していきそうである……だって」

木内さんからスマホを受け取ってポケットにしまう。

「俺もびっくりした。でも言われてみればちょっと似ているよなって」

「嬉《うれ》しいな」

「ＳＮＳは継続が大事だから続けていればきっとクライアントも獲得できると思う」

「偽物さんがレシピ本出すのとどっちが早いかな？」

木内さんが子供っぽい笑顔になるとごくっとビールを飲み込んだ。


誰もいない会社の屋上で俺と木内さんは２人っきりだ。ビールを飲み終える頃には俺もほろ酔い気分、会社でお酒を飲むって背徳感がなんかえぐい。

「そういえば、間宮さんは？」

木内さんは屋上の出口の方を見て言った。

「間宮さんなら何かを思いついてＳＮＳの動画を撮りに行ったよ。きっと今日はそのまま直帰じゃないかなぁ？」

そういえば間宮さん、何を思いついたんだろうか。もしかして花火大会のこととか……？

「間宮さんのこと、気になる？」

ふいに木内さんがぐっと俺に詰め寄ってくる。

木内さんはいつの間にか結い上げていた髪の毛を下ろしていた。

「き、木内さんっ？」

木内さんの髪から金木犀《きんもくせい》の甘い匂いがして、俺は思わず息を呑《の》んだ。

もうすぐ夏が終わって秋になるんだな。

「藤城くんって、間宮さんとお付き合いしているの？」

木内さんは不安げに瞳を揺らすと俺の服の裾を摑《つか》んでゆっくりと瞬《まばた》きをした。

唐突すぎる質問に俺は思わず目をそらす。

「ま、間宮さんとはお付き合いとかそういう関係じゃないよ」

「だって、飲み会のあと間宮さんのお家《うち》に行ったんでしょう？」

なんで木内さんがそんなこと気にするんだ……？

俺みたいな陰キャに彼女なんているわけないじゃないか。ましてや間宮さんみたいなSSR級の美女と俺が釣り合うわけないじゃないか。

「送っただけで、付き合うとかそういうのじゃ……」

木内さんは俺に質問を続ける。

「もしも……私が間宮さんと同じように酔ってしまったら藤城くんは送ってくれる？」

木内さんのセミロングの髪がふわりと風に揺れる。高校時代からついこの前まで長い黒髪のイメージだったから新鮮だ。イメチェン？　ってやつか。

「そりゃ、歩けないくらい酔ってたらもちろん。でも木内さんはそんなになるまで飲んだりしないっしょ。木内さんは昔からしっかりしてるからさ」

木内さんはなんでもそつなくこなしてしまうし、俺なんかよりもずっとしっかりしている。

一緒に仕事をするようになって、彼女のことをかなり頼りにしている俺がいたりするほどにだ。

「そうだよね、ふふふ。間宮さんったらおっちょこちょいなんだから」

「ほんと、そうだよなぁ」

木内さんはクスッと笑うと俺から少し離れて、一呼吸置いてから言った。

「藤城くん。私ね、藤城くんのことずっとずっと好きだったよ」

「えっ……」

俺は一瞬、時が止まったような感覚になった。でも、目の前の木内さんは優しい笑顔のまま俺を見つめている。

その時、ドンと大きな音がして木内さんが遠くの空を見上げた。俺もつられて同じ方向を見る。

「花火、始まったね」

大きな音にかき消されて木内さんの声が聞こえない。赤、緑、黄色。花火は華やかなはずなのに俺は気が気じゃなかった。

木内さんが花火を見上げる横顔を、俺はなんて声をかけようか戸惑ったまま見つめていた。

木内さん、「好きだった」って言ったよな……。ってことは、もしかして俺嫌われるようなことしちゃった……⁇

「あのねっ、違くて！」

木内さんが花火の音に負けないように俺の耳元で言った。さっきの「好きだった」って言ったことだろうか？

「き、木内さん、俺なんかデリカシーのないことしちゃった？」

木内さんはブンブンと首を横に振る。

「ちがくて、そのあのね」

木内さんがぐっと近づいてくる。近い、今までにないくらい近い。

「確かに、高校時代は藤城くんを好きだった！　片思いしてました！」

「まじ？」

高校時代の俺は今よりももっと陰キャで、なんならいじめられっ子でひょろひょろで何の良さもない雑巾の絞りかすみたいな男子だったぞ！

「でも、ほら私たち今は大人じゃない？」

木内さんが花火の合間にちょっとずつ言葉を伝えてくる。

「だからね、その……お友達になってほしい！」

木内さんはまるで告白でもするみたいに上目遣いで震えながら俺を見つめている。でも待てよ……デジャブじゃないか。

この告白されてるんだかフラれてるんだかよくわからん状況。これはなんて答えるのが正解なんだ？

いやてか、俺と木内さんってお友達じゃなかったのか……、ついさっきまでお友達だと思ってゲームの話してた俺、めっちゃ恥ずかしいじゃんか。

俺が答えないので木内さんが不安そうに瞬きをした。ゴクリと喉が上下する。

「お、俺でよければ」

「ありがとう、私……頑張るね！」

（何を！）

フォロワー数　１９０００人

幕間《まくあい》4

私の中で「金木犀」の香りは勝負の香りだ。

藤城《ふじしろ》くんは思い出してくれるだろうか。いいや、思い出してくれなくてもいいんだ。

私の中で藤城くんと過ごした高校時代のほんの少しの思い出は過去のもので、今隣にいる藤城くんとの未来を大事にすることの方が重要だから。

「藤城くんって、間宮《まみや》さんとお付き合いしているの？」

本当は企画を成功させてから伝えるつもりだったのに、私ってば本当についてないよなぁ。

企画はうまくいってない。このままだと夏が終わるまでにミッションクリアできるか正直微妙だ。

藤城くんは私を励ましてくれるけど、数ヶ月前の間宮さんほど爆発的に私がミラクルを起こせるなんてありえないと思う。

藤城くんは困ったように目をそらした。

「ま、間宮さんとはお付き合いとかそういう関係じゃないよ」

「だって、飲み会のあと間宮さんのお家に行ったんでしょう？」

本当かな？

だって、大人が互いの家にあげるってそういうこと……でしょ？

って、ドラマとかゲームでしか知識がない私じゃ説得力がないけど。

「送っただけで、付き合うとかそういうのじゃ……」

藤城くんはじっと私の目を見て言った。

嘘《うそ》……じゃないみたい。じゃあ、本当に間宮さんのお家にいったのに「何もなかった」の？

あぁ、本当に藤城くんは……。

「もしも……私が間宮さんと同じように酔ってしまったら藤城くんは送ってくれる？」

「そりゃ、歩けないくらい酔ってたらもちろん。でも木内《きうち》さんはそんなになるまで飲んだりしないっしょ。木内さんは昔からしっかりしてるからさ」

違う。

そうじゃないよ。

私だって心配してほしい、もっと構ってほしい。

「そうだよね、ふふふ。間宮さんったらおっちょこちょいなんだから」

何故《なぜ》、私は間宮さんみたいに素直になれないんだろう？

思い切って気持ちを伝えてみる……？

「ほんと、そうだよなぁ」

藤城くんは優しく笑った。

高校生の時とおんなじ笑顔。

（好きだ）

「藤城くん。私ね、藤城くんのことずっとずっと好きだったよ」

「えっ……」

藤城くんの表情が固まる。

私も固まる。心臓がドキドキして口から飛び出そうだ。人生で初めての告白。

（え、ちょっと待って。私今「だった」って言った……？）

それじゃ、今は好きじゃないみたいじゃん！

私は急いで弁解しようと口を開いたが……、

その時、ドンと大きな音がして遠くの空に花火が打ち上がった。

私はつられて花火に視線をやる。

「花火、始まったね」

本当はもう一度、好きだと伝えるはずが私は花火の感想を口にした。

なにやってんの私〜！

私の告白作戦はまたもや失敗したみたいだ。今日の成果は「間宮さんとまだお付き合いしていない」という情報のみだった。

どうにかして挽回《ばんかい》しないと！

「あのねっ、違くて！」

私は花火の音に負けないように藤城くんの耳元で言った。藤城くんはせっけんの匂いがして安心する。

って私、変態みたいじゃん！

「き、木内さん、俺なんかデリカシーのないことしちゃった？」

藤城くんは恥ずかしそうに後頭部を掻《か》くと申し訳なさそうに言った。

「ちがくて、そのあのね」

花火の音で言葉が聞こえにくい。もっと近寄ってもいいよ……ね？

酔った勢いで勇気を出して近寄ってみる。藤城くんは嫌がるそぶりは見せない。大丈夫かも……？

頑張れ、私！

「確かに、高校時代は藤城くんを好きだった！　片思いしてました！」

「まじ？」

「でも、ほら私たち今は大人じゃない？」

私は花火の合間にちょっとずつ言葉を伝える。

「だからね、その……お友達になってほしい！」

違う！　交際を前提にって言いたかったのに、私ったら何を……！

「お、俺でよければ」

「ありがとう、私……頑張るね！」

私のばかっ！

藤城くんが花火の方を見ている。あぁ、でもお友達からでもチャンスはまだあるよね。

間宮さんは強力なライバルだけど……私も、間宮さんみたいに素直に好きと伝えていこう。

チームミッション7　個々の成長はチームのために

　8月31日。

　学生はみな宿題の残りをさばく時期に、大の大人3人が数分おきにメールをチェックしていた。

「大丈夫、絶対に大丈夫です」

　間宮《まみや》さんは俺と木内《きうち》さんを交互に見ながら安心させるように笑顔を作る。

「だって、私たち、この1ヶ月ずっとずっと頑張ったんです！　絶対に見てくれている人がいます」

　間宮さんのいうとおり、俺たちはこの1ヶ月必死でSNSを伸ばしてきた。木内さんは普段の業務もこなしながら「ゲーマーOL」の企画をコツコツ続けていた。

「でも、フォロワー数は余裕のクリアだったんでしょ？」

　ヒナちゃんが水をさす。

「そうだよ、間宮さんが撮ってくれた、お水をゴクゴク飲む猫ちゃんの動画が鬼バズりしたからね」

木内さんが冷静に補足する。

俺と木内さんが営業と総務のミスをカバーしている間、間宮さんはネコカフェにプレゼントを届けていたのだ。

なんでもあの陶器の水飲み器は猫たちに好評で群がって水を飲んでいたそうだ。かわいい猫の器で水を飲む猫たち。

とにかく猫だらけの動画がバズり、フォロワー２万人を優に超えた。もふもふの力おそるべし。

俺なしで間宮さんが本当に１人で考えた動画構成やＳＮＳの投稿文を読んだ時、間宮さんの成長に俺は本当に驚いた。

間宮さんはぽんこつなようでしっかり成長していたのだ。

「じゃあ、大丈夫でしょ。みーちゃんもチームも存続でみんなハッピーじゃん」

「それがそんなに甘くないのよ」

木内さんの言葉にヒナちゃんが「なんで？」と首をひねった。

二日前

「三島《みしま》部長、話って……？」

俺と木内さん、間宮さんは三島部長に会議室に呼ばれた。三島部長があまりにも複雑そうな顔でいるものだから何か悪いニュースかもしれないとドキドキしてしまう。

「木内くんとチームのことなんだけれどね」

ゴクリ。俺たち3人の間に緊張が走る。

「ほら、君島《きみしま》くん……この前、僕に怒鳴っていた営業部長がね。木内くんをえらく評価していてね。ミッションが成功しなかったら営業部に欲しいとだだをこねていてね」

「え？」

「そうそう、だからもしもミッションが失敗しても木内くんが窓際《まどぎわ》部署に行かないことは決定したんだけど……」

あっ、三島部長め。

「私、窓際部署に行く予定だったんですか」

木内さんがしょんぼりする。

「いや、そのそれは忘れて、ね？」

三島部長が言うには、例の一件で総務部の先輩たちの怠慢が明るみになって木内さんの評価が上層部（主に営業部長と三島部長）の間で急上昇したらしい。

「じゃあ、成功しないと木内さんが他の部署に取られちゃうってことですかっ」

間宮さんは三島部長の襟を摑《つか》む勢いで前のめりになる。

「そんなの理不尽ですよっ！」

間宮さんの言うとおりである。そもそも、木内さんの希望を一番に考えるべきだろうが。会社側の都合で傷つけておいて……。

俺はちらりと木内さんを見る。木内さんは何か憑《つ》き物《もの》が落ちたように爽やかな顔だった。

木内さんと目があう。その瞬間、木内さんは気まずそうに目をそらした。

（あぁ、そうだ。俺、嫌われたかもしれないんだっけ）

ちゃんと聞かなきゃな、そうだ。今度ゲームするときにでも聞いてみよう。

「ってことだからね、一安心だけどチーム存続のためにはミッションクリアを目指して頑張ろうっ！」

三島部長は「えいえいおー！」と1人で盛り上がって会議室を出て行った。

「会社ってのは理不尽っすねぇ」

「ほんと、理不尽」

木内さんがふっと吹き出す。木内さんの笑顔を見て俺も安心する。

一方で間宮さんは鬼気迫る表情だ。

「木内さん、絶対にミッションクリアしましょう！　あんな怖い営業部長さんのところになんて行かせられませんっ！」

間宮さんは胸を張って続ける。

「それに、あの総務の意地悪先輩たちを見返してやらないと！」

「そんなこんなで、ミッションをクリアしないと木内さんは営業さんに取られちゃうんです」

木内さんが営業に行く光景を想像した間宮さんはしょんぼりしてしまう。

「へぇ～、みーちゃん人気なんだねぇ」

ヒナちゃんに褒められて照れる木内さん。

「木内さんの気持ちも大事だけどね」

俺の言葉に木内さんはさらに赤くなる。

「そうだ、まだ木内さんのお気持ちを聞いてなかったですね」

間宮さんが首を傾《かし》げる。

「私、藤城《ふじしろ》くんと働きたい」

木内さんの発言にびっくりしたのは俺だけじゃない。

間宮さんはわなわなと震え「らいばるぅ」と俺にしか聞こえないくらいの声で呟《つぶや》いた。

プルルル

電話が鳴った。

しかも広報部の電話だ。電話を間宮さんが勢いよく取る。

「お電話ありがとうございます！　広報部の間宮です」

（あ、間宮さん電話……練習したのかな）

以前の武士口調が直っている。いや、緊張していないからか……？

「はいっ、あっごめんなさい。私ったら名刺を忘れちゃってたんですね」

なんだろう、忘れ物の電話……？

俺と木内さんとヒナちゃんは「間宮さんのぽんこつか」と肩を落とす。きっと、名刺か何かを落としてそれを拾ってくれたとかだろう。

微妙にタメ口だし。

しかし間宮さんはニッコニコで「はい、はい！」と電話先の相手と話している。話し慣れた相手なのか楽しそうだ。

「はい、もちろんです！　私経由で営業部にお話をさせていただきますね！」

（今、なんて？）

間宮さんが電話を静かに置くと俺たちに向かってピースした。

「やりましたよ！　クライアントさん！　獲得です！」

ニッコリの間宮さん、名刺を忘れたくだりは一体なんの話だったんだ。

「間宮さん、お相手は……？」

木内さんも前のめりで質問する。

「藤城さんと一緒に行った猫ちゃんのお店です！」

木内さんは首を傾げる。

俺も理解が追いつかない。猫ちゃんのお店？　猫ちゃん……？

もしかして……。

「あぁ！　神楽坂《かぐらざか》の雑貨屋さん！」

「雑貨屋さん？」

俺は木内さんとヒナちゃんに事の経緯を説明した。

なんでも、間宮さん（金を払ったのは俺）が大特価で買い取った猫用の水飲み器が間宮さんの癒《いや》し猫ＳＮＳ投稿のおかげで大バズり。

とんでもない宣伝効果だったので、今後は正式に会社を通して宣伝依頼をしたいとの話だったそうだ。

「そっか、盲点だった」

そういえばあの雑貨店は偽物《にせもの》さんで箸置きを紹介した時も「宣伝してください」と奥さんからＤＭがきたっけ。

すっかり忘れていたけど、あの奥さんはかなりやり手だったのだ。

「私、あの日お財布を忘れちゃって、レジでカバンをひっくり返したときに名刺を忘れてきちゃったみたいで……それを見て奥様がご連絡をくれたって。広告代理店なら話は早いわよねって」

ぐすん、と間宮さんが洟《はな》をすする。

とんでもないラッキーだが間宮さんらしい活躍だろう。俺はスマホで大バズりした投稿を見てみる。ネコカフェの猫たちが並んで行儀よく水を飲んでいる。

猫用の水飲み器が猫ちゃんのデザインなのでとにかく写真の中が猫だらけだ。

うん、猫かわいい。

「木内さんっ、クライアントさん獲得ですぅ！」

間宮さんが木内さんに抱きついてぎゅうぎゅうする。木内さんは遠慮がちに俯《うつむ》いた。

「で、でも私のおかげじゃ……」

木内さんは恥ずかしいのか本気なのか照れ隠しなのか成果を否定する。

「木内さんのおかげだと思うよ」

俺は木内さんに抱きついて喜ぶ間宮さんを引き剥がし落ち着かせてから木内さんに向き直って言い聞かせた。

木内さんは俺の言葉に首を傾《かし》げていた。

「間宮さんが獲得してくれたクライアントさんだよ？　私のおかげじゃないよ」

「それはそうだけど、ネコカフェの企画は木内さんの企画だったから、木内さんがいなかったら獲得できなかったクライアントさんだと思う」

「はいっ、私は広報として仕事をしただけで、木内さんがあの猫ちゃんたちに会わせてくれたんですよ」

木内さんがわっと真っ赤になって涙を浮かべる。

「それにちょっと嬉《うれ》しいのがこれ」

俺は続けざまに木内さんにスマホを見せる。そこには間宮さんが撮った1枚の写真。

猫が並んで水を飲んでいる。仲良さそうに。

「あっ」

写真の中に何かを見つけた木内さんがスマホの画面をズームして優しい笑顔になった。

間宮さんとヒナちゃんは何がなんだかわからない様子でスマホの画面をのぞいた。

「みーちゃん、みんなと一緒に飲んでる」

木内さんがボソッと言った。そしてまた木内さんの頬に涙がつたう。

あの孤独を貫いていたソマリのみーちゃんが他の猫と仲良さそうに水を飲んでいるのだ。

「よかった。みーちゃん、打ち解けたんだ。間宮さん、ありがとう」

木内さんのありがとうに間宮さんはずきゅんと胸を打たれたような仕草をする。

「当然ですっ、私は木内さんの先輩ですからっ！」

きっと、木内さんが「ありがとう」と言った理由をよくわかっていないであろう間宮さんは胸を張ってドヤ顔をしている。

猫のみーちゃんが他の猫と打ち解けたのは間宮さんのおかげではなくてただの気まぐれ

かもしれない。

クライアント獲得だって、間宮さんが名刺を落とすとかいうミラクルで起きた成果かもしれない。

でもそんなことはどうだっていいのだ。

木内さんの企画が、間宮さんの行動力につながってチームを救った。そしておまけに一匹の孤独な猫を救ったかもしれないのだ。

「これぞチームですね！」

間宮さんは後輩にお礼を言われたのがよっぽど嬉しかったらしい。ニマニマしながら席に着いた。

「さて、じゃあお仕事を営業に引き継いでっと」

と間宮さんが言いかけたとき、俺たちのデスクにあの営業部長がやってきたのだ。

「木内に話があるんだが」

営業部長は木内さんを名指しで指名。

「だめです！　たった今クライアントさんを獲得できたので木内さんは広報部のちーむめんばあ！　です！」

間宮さんは子猫を守る母猫のような雰囲気で営業部長に言い返した。

営業部長は後頭部をボリボリと掻いて「困ったなぁ」と俺に視線を向ける。

「ほら、ゲーマーＯＬって木内じゃなかったか？　木内宛の電話が営業部にきてるんだよ。取り次いでほしいんだが……」

早とちりにぽかんとする間宮さん。

「すみません、内線番号は……」

さすが木内さん、すぐに営業部長に内線番号を告げた。

「了解」

営業部長はかっこよく後ろ姿で手を振ると営業部の席へ戻って行った。

「私ったら恥ずかしぃぃ」

間宮さんは両手で顔を隠して小さくなる。クスクスと笑うヒナちゃんにつられて俺も笑ってしまった。

ほどなくして木内さんのデスクにある電話が鳴った。

「お待たせしました。広報部の木内です」

俺と間宮さんは木内さんの電話の行方を固唾を呑んで見守る。

「はい、もちろんです」

「その件については営業とお話しいただければと思います」

間宮さんと俺は静かにハイタッチ。

絶対にクライアントさんからの電話だ。木内さんの大きな目から涙がこぼれた。

「やりましたねっ」

間宮さんが小声で俺に言った。俺は声を出さずに頷《うなず》く。

ヒナちゃんも三島部長もガッツポーズしている。

木内さんが電話を静かに切った。そしてくるっと椅子を回して俺たちの方を向く。

「ゲーマーOLに……紹介してほしいゲームがあるって」

「木内さんそれって」

俺の声に木内さんが頷く。

「ネットでの反響を見て、新作のゲームをプレイしてSNSに投稿してくれないかってオファー!」

木内さんが投稿を続けていた「ゲーマーOL」は結構人気のコンテンツになっていたのだ。

ネットの一部では、

【ガチすぎてたまらん】

【神プレイ連発】

【ガチゲーマーネキ最強！】

と熱狂的なファンがついてちょっとバズったりもした。スーツフェチのちょっと変態チックなコメントもあるものの、それもいいスパイスだ。

「じゃあ、木内さんの企画も成功じゃん！」

俺の言葉と同時に……、

パァン！

大きな音に驚く木内さん、横にはクラッカーを持っていたずらっぽく微笑《ほほえ》むヒナちゃん。

俺と間宮さんは勢いのまま木内さんにハイタッチをかました。

木内さんは泣いたり笑ったりして表情をコロコロ変えながら初めての成功を喜んでいる。

「じゃじゃーん！」

間宮さんは三島部長の後ろにあるホワイトボードの裏側に隠してあったくす玉を持ち出すと、

「藤城さん、持ってください！」

俺に渡してくる。結構重いくす玉に苦戦しながら、俺は手を目一杯伸ばして割りやすいように持ち上げた。

なんと間宮さん、俺にも隠れてこっそり準備していたらしい。

「ほらほら~木内さんっ、割ってくださいな!」

間宮さんに言われるがまま木内さんはくす玉の紐《ひも》を引っ張った。小さなくす玉が割れて中から垂れ幕がペロンと落ちる。

そこには……、

「ようこそ! 広報部へ!」

間宮さんが大きな声で木内さんを迎え入れると木内さんがわっと泣き出して顔を両手で覆った。

「あ~、ユリちゃんが泣かせた~」

すかさずヒナちゃんが間宮さんをからかって、慌てた間宮さんが木内さんに駆け寄ろうとして……、

「あわわっ! きゃっ!」

くす玉から出て来た紙吹雪につるっと滑って尻餅をついた。

「いでっ!」

ちなみに下敷きになっているのは俺だ。ずっしりと間宮さんの柔らかい重みを腹で受けながら俺は苦しくて声が出せない。

目の前には間宮さんの……お尻。

「ううっ……」

「ユリちゃん、お尻でフジくん殺さないで～！」

ヒナちゃんが間宮さんを起こすために倒れている俺の上をまたぐと、えいえいと間宮さんの腕を引っ張る。

「ふっ、藤城くん、間宮さん大丈夫？」

さっきまで泣いていた木内さんは涙も引っ込んで俺と間宮さんを心配していた。

「ご、ごめんなさい～っ！」

◆

「ヒナはたらこ！」

「私はゆずおろしがいいな」

「私はロゼクリームがいいですっ！」

俺の家、土曜日。

間宮さんたちが急に押しかけてきたので俺はだらしない格好のままキッチンに立ってい

る。ちょうどトランクルームに預けていた偽物さんグッズを今日取りに行こうと思っていたのに、その予定はキャンセルになりそうだ。

「企画成功&クライアント獲得のご褒美《ほうび》に藤城さんのうどんが食べたい！」

と女子3人の全員一致で決まったらしい。そして、この謎のサプライズはいたずらっ子ヒナちゃんのアイデアらしい。とんだ迷惑である。

「ロゼクリームは偽物さんのレシピのやつですね」

間宮さんがこくんとうなずく。

「へぇ～、ねえフジくん。ロゼってなに？」

「あぁ、トマトクリームのことだよ。ちょっとピンクっぽくなるからロゼ」

「おっしゃれ～」

ヒナちゃんはいつもの制服姿ではなく可愛《かわい》らしいピンクのミニスカートを穿《は》いている。若いなぁ……。ギャルって感じだ。

「へぇ～、でも冷凍うどんにパスタソースを使うのって新鮮だね」

木内さんが「何か手伝う？」とキッチンに入ってきてくれる。うちのキッチンは狭い。

2人並ぶので精一杯だ。

「あっ、ヒナも手伝う」

「私もっ！」

ぎゅうぎゅうである。俺は木内さんとヒナちゃんに挟まれ身動きが取れないし、間宮さんは俺の方に近寄ろうとさらにキッチンに足を踏み入れる。

「ちょ、料理できないし危ないからほらっ、待っててくださいよ」

俺はキッチンの奥に追いやられながらも必死で声を出す。

「お力になりたいんですっ」

間宮さんはひかない。間宮さんがひかないってことは他の2人もひかない。

「わかりました！　じゃあじゃんけんで！」

子供か！

と思いながら俺はキッチンから3人を押し出してひと段落。冷凍うどんを4玉いっきに寸胴鍋へと入れた。

えっと、木内さんはゆずおろし、ヒナちゃんはたらこだから簡単だな。間宮さんと俺のはフライパンで炒《いた》めないといけないな。

料理の工程を考えながら俺は準備を進めていく。一方でリビングでは女子3人によるじやんけん大会が開かれていた。

「最初はぐー！　じゃんけん～、あっ！　ヒナちゃん後出しですよ！」

「はぁ？　ユリちゃんが出すの早いんでしょ～！」

「も、もう1回……ね？」

実に楽しそうである。器《うつわ》、器あったかな。ほとんどトランクルームに入れたままなんだよな。

「やった～！　ヒナの一人勝ち～！」

まずい、一番厄介そうな奴《やつ》が勝ったぞ。ヒナちゃんは未成年だしやけどなんかさせたら大変な問題である。

「フジくん、ヒナが手伝ってあ・げ・る」

ヒナちゃんはパタパタとキッチンに入ってくると手を洗い、俺の顔を覗《のぞ》き込む。

「う－ん、大根おろし摩《す》ってもらおうかな。あ～、怪我《けが》しないようにね」

「はーい」

ヒナちゃんに大根おろしを任せて俺は茹《ゆ》で上《あ》がったうどんを氷水で締めてぬめりをとる。

ヒナちゃんと木内さんのはもう器に盛り付けて、薬味とソースを用意。

冷蔵庫にたらこがあったな。ヒナちゃんのにのっけてやろう。

「フジくーん、大根できた」

「おっ、ありがとう。じゃあ次は自分のうどんを混ぜようか」

ヒナちゃんにパスタ用のたらこソースを渡す。ヒナちゃんは目を輝かせ、

「インスタントのパスタソースはじめてっ！」

と超斜め上の感動。

「え？　まじ？」

「うん、うちはシェフがいるし」

「シェフ⁈」

リビングでまったりしていた2人もこの発言にはびっくりのようでキッチンに顔を出した。確かに、ヒナちゃんのお迎えはロールスロイスだったよな。家にシェフの1人や2人いてもおかしくないのか……。

「な、なんか申し訳なくなってきた」

「そんなことないよ？　ヒナはフジくんと一緒に食べるご飯が一番好きなんだ～。へへっ、そうだ。会社やめたくなったらいつでもヒナの専属シェフにしてあげる」

ヒナちゃんは俺の胸をツンツンとからかうようにつっつくとニヤリと微笑む。

「この前はお婿さんって言ってなかったか？」

俺も冗談でやり返す。無表情でロゼクリームうどんを作りながらだ。横目でちらりとヒナちゃんを見れば顔を真っ赤にして手が止まっていた。

「ち、ちがうもんっ」

「はいはい、そーですか」

「ヒナがおっきくなったらだもんっ」

むちゃくちゃである。

「まぁ、そんな冗談は置いておいて……、ちょっと火を使うからヒナちゃんも間宮さんたちと待ってて」

ヒナちゃんは顔を真っ赤にしてキッチンを出て行った。たらこうどんとゆずおろしうどんはほぼ完成。

「間宮さん、辛いほうがいいですか?」

俺は先に間宮さんのロゼクリームうどんをフライパンで絡《から》めながら質問する。確か間宮さんは見かけによらず激辛好きだったはず。

「できるんですかっ!」

「できますよ~、ちょっと韓国風になりますけど……」

偽物さんで紹介したのもこのタイプのうどんだ。ロゼクリームつまりはトマトクリームうどんにコチュジャンをちょっと加えてピリ辛に。韓国風うどんに早変わりするのだ。

「それがいいですっ」

「了解です、ちょいお待ちを。ヒナちゃん、すまんが冷蔵庫から麦茶を出してみんなに注いでもらってもいいかな」

ヒナちゃんは頼まれて嬉《うれ》しそうにキッチンに戻ってくると、

「仕方ないなぁ、お礼はデートねっ」

なんて冗談を言いながら麦茶のペットボトルを持って行った。間宮さんのロゼクリームうどんが出来上がり、一気に食欲をそそる香りが部屋中に立ち込める。

「いい香り～！」

間宮さんのテンションもMAXだ。

「さ、3人は先に食べていてくださいね、俺は自分のをささっと作っちゃいます」

俺は卵の卵黄だけをうどんの上に載せて雑に出汁《だし》醤油《じょうゆ》と鰹節《かつおぶし》をかける。夏はやっぱり釜玉だよな。うん。

ついでにあまった卵白と余り物の木綿豆腐でふわふわのホワイトチャンプルーをささっと作る。ウインナーは可愛くタコさんとカニさんにしてみた。間宮さんがSNSに載せたがるだろうしな。

「どうですって……待っててくれたんすか」

３人は「もちろん」と頷《うなず》くと俺が着席するのを待った。

「藤城さんはシンプルですね」

間宮さんが羨ましそうに俺の皿を覗き込む。さすがにうどんは一口ちょうだいはできないぞ……。

「全部ちょっとずつ食べたいですっ」

間宮さんの食いしん坊スイッチがＯＮになりぐるるとお腹《なか》の音が響いた。

「食べましょうか」

木内さんの一言で俺たちは手を合わせる。

「いただきまーす！」

ちゅるちゅる。

予想以上に間宮さんがうどんをすする姿が可愛くて俺は全くご飯に集中ができない。

汁物じゃないから勢いよくすすれないのに、うどんをたくさん口に入れたいから間宮さんはうどんを一生懸命すすっている。

口の周りにはロゼクリームの綺麗《きれい》なソースがたっぷりついてちょっと子供っぽい。

なんだこの可愛い生き物は……。

「おいひいれすね！」

「もともとはパスタソースですけど、うどんにも合いますよね」

「ふぁい。さすが偽物さんのレシピですっ」

偽物さんが褒められるとちょっとだけこそばゆい気分になるが今は喜んでおこう。間宮さんは夢中でうどんをすする。

「藤城くんが作ってくれるから美味しいんだよ」

木内さんがすかさずフォローを入れてくれる。この中で俺＝偽物さんだと知っているのは木内さんだけだ。

「うんまぁ！　これならヒナでも作れるしお家《うち》でもやってみようかな」

とヒナちゃん。家にシェフがいるんならそんな必要ないだろ、と思うがなんでも自分でやってみたい年頃だよな。お嬢様ともなれば却ってこういう庶民的な食べ物に憧れがあったりするのかもしれない。

「そうですねぇ、私はお料理が苦手ですけどこのおうどんならできるかもしれません」

確かに、間宮さんの言う通り乾麺のパスタだと茹でるのが難しかったり電子レンジでチンするタイプのパスタだとなかなかいい感じの茹で具合にならなかったりで難しいもんな。それに保存も大変だし。

その点冷凍うどんならパックごとお湯に突っ込むだけだから楽である。

ハムスターみたいに口いっぱいのうどんをもぐもぐしながら間宮さんは幸せそうに目尻を下げる。ごっくんと飲み込む前に箸は次のうどんを摑《つか》んでいる。どれだけ食い意地が張ってるんだこの人は。

「美味《おい》しいねぇ」

ヒナちゃんがカニさんウインナーをパクッと口に入れニッコリと微笑《ほほえ》んだ。猫目のヒナちゃんは本気で喜んでいる時、目がきゅっと三日月形に細くなってかわいい狐《きつね》のようだ。なんというか、マスコット的な可愛《かわい》さだ。

「フジくんって天才だよね〜、やっぱヒナのシェフにしちゃおうかな」

「だめですよ、藤城さんは私がお嫁さんにもらうんですから」

「わ、私だって毎日藤城くんと……」

間宮さん⁉

木内さんまで⁉

「3人とも冗談が上手なんだから、デザートは何が食いたいですか？」

俺はちょっと苦手な話題から気をそらすように別の話題を振る。

「アイス！」

と木内さん。今日は炎天下だし、それが良《い》いよな。

「ケーキ！」

とヒナちゃん。うちの近くのケーキ屋が気になっていたらしい。ちょっと有名なパティスリーだからおすすめである。

「おだんご！」

と超マイペースな間宮さん。宇宙である。

３人とも全く別のリクエスト。こりゃまたあれで勝負を決めるしかないな。

「じゃんけんっすね」

俺の言葉にメラメラと闘志を燃やす女子３人。

「しかも、勝った人はフジくんとお買い物いける券つきね！」

ヒナちゃんの一言。

え、俺は無条件でこの炎天下を歩くんです……？

若干の理不尽に肩を落としながら、デザートの提案をしたのは自分なので俺は何も言わず女子たちのじゃんけんを見守ることにした。

俺と木内さんはジリジリと照りつける残暑の太陽に焼かれながら近くのコンビニまで歩いていた。木内さんはラフなTシャツにジーパン姿でなんだか俺とペアルックみたいだ。

「暑いねぇ、これじゃあアイス持ち帰る間に溶けちゃうかも」

「走れる体力残ってないしなぁ」

木内さんが俺を見てうふふと笑った。

「藤城くん運動苦手って昔言ってたもんね」

「あはは～、俺ってほんとかっこいいとこないからなぁ」

おどけて笑う俺に木内さんはちょっと不満げな表情で、

「そんなことないよ」

と言う。俺はちょっと恥ずかしくなって木内さんに背を向けるように先を歩く。それでも木内さんは小走りになって俺に追いついて、

「私の大好きな高校時代の藤城くんを悪く言わないで？」

「い、今の俺の話で……」

「今の藤城くんにもだよ、藤城くんは十分格好いいよ」

木内さんはそう言うと俺の前に出てくるっと振り返る。

「早くアイス食べたいな」

とニッコリ笑顔になった。木内さんがあまりにも綺麗で俺は一瞬思考が停止する。

「うん、俺も早く食べたい」

コンビニでアイスを選んで、俺と木内さんはコンビニから俺の家までの道を引き返していた。暑い。死ぬほど暑い。

「ねぇ、藤城くん」

木内さんが何かを思い出したように立ち止まった。

間宮さんとヒナちゃんリクエストのアイスはちゃんと買ったし他に頼まれていたものもなかったはずだ。いや、お菓子かなんかもっと買うべきだったとか？

「ん？」

木内さんがこわばった表情で俺を見つめる。

「今思ったんだけどさ、私じゃんけん勝ったらダメだったかも」

「え？　アイス嫌だった？」

「藤城くんの鈍感っ、よくかんがえてごらんよ」

木内さんは探偵のように人差し指を立てて俺に言った。

「今、藤城くんの家には誰がいる？」

「間宮さんとヒナちゃん」

「もう１回言ってごらん」

「間宮さんとヒナちゃん」

木内さん、一体何が言いたいんだ？　防犯面を考えてちゃんと鍵はかけてあるし、間宮さんはあれでも俺らよりもお姉さんだ。危なっかしいことをやらないだろうし、ヒナちゃんのいたずらを止めるくらいはしてくれるだろう。

「間宮さんとヒナちゃんは２人っきりでどこにいるの？」

「俺の家」

（俺の……家……？）

「そんな『俺の家』にはたくさん秘密があるよね？　もしも間宮さんがこっそり覗《のぞ》いたら大変じゃない？」

まずい。

さっきまで暑くて汗だらだらだったのが一気に冷や汗に変わる。トランクルームにほとんどが移動させっぱなしとはいえ、クローゼットの中や収納の中を見られたら俺が偽物さんである証拠が出てきてしまう可能性がある。

「まずい……、走ろう！」

「あっ、待って」

走り出す俺についてくる木内さん、少し遅れる。俺は無我夢中で木内さんの腕を掴むとグイグイと引っ張って家までの道を一気に走り抜ける。

大の大人がバタバタと全力疾走をして息を切らしながらオートロックを開き、エレベーターに乗る頃には2人とも汗だくだった。

「運動不足を死ぬほど後悔したよ」

「ほんと、私もゲームばっかりじゃなくてジム行かなきゃって思った」

はぁはぁと荒い息、ちょっと汗の匂い。心臓が爆発するほど動いていて苦しい。それでも俺は必死でドアの前までたどり着くと、一呼吸置いてドアを開けた。

「おかえり……って、2人ともそんな息切らしてどうしたの？」

玄関まできたヒナちゃんが俺と木内さんを見てちょっと引いている。ヒナちゃんの様子を見るに家探しはされてない……と見てよさそうだ。

「アイス……、溶けちゃうかと思って」

「フジくんってそういうところ健気《けなげ》だよねぇ……」

ヒナちゃんは不思議そうに首を傾《かし》げてからアイスを受け取ると、

「静かにね」

と人差し指を唇に当てるとウインクした。俺と木内さんは顔を見合わせる。

「ユリちゃん、お腹《なか》いっぱいで寝ちゃったんだ。ほんっと赤ちゃんだよね」

ヒナちゃんが我が物顔で俺の家の冷凍庫にアイスをぶち込む。俺と木内さんは手を洗ってそのままリビングへと向かった。

「むにゃむにゃ……藤城さんぅもう食べられません」

間宮さんがソファーでどんと横になって眠っていた。まさに天使のような寝顔でぐっすりだ。

眠っている間宮さんの腕の中には見慣れた汚いスウェット。俺が寝室に脱ぎ散らかしていたものだ。

俺のスウェットに頰を寄せるようにして間宮さんは眠っていた。

「もう少し、寝かせてあげよっか」

木内さんが優しく間宮さんにブランケットをかける。間宮さんは夢の中で幸せそうに何かを食べているのか、もにゃもにゃと口を動かし笑顔になった。

幕間《まくあい》5

くす玉の中身を処分して、私は化粧直しに化粧室へと向かった。人生で初めて嬉《うれ》しくて涙が出てしまったから目元がだらしないことになっているかも。

「木内《きうち》さん、お化粧直しですか？」

間宮《まみや》さんが追いかけてきて、一緒に化粧室へと入る。間宮さんは可愛いポーチからいろんな化粧品を出して綺麗《きれい》な顔に化粧を施し直す。

「ふふっ、これからたくさんたくさん、私を頼ってくださいねっ」

「ありがとうございます」

間宮さんは嬉しそうに小さく跳ねるとリップを塗り直した。私もポーチからリップを取り出すと丁寧に唇に乗せる。間宮さんほど私は綺麗じゃないかもしれないけど、私だって広報チームなんだ。藤城《ふじしろ》くんに見てもらうためにも綺麗になろう。

「木内さん、いい香りですね〜お花？」

「はい、金木犀《きんもくせい》っていうお花です」

「好きなんですか？」

「好きな人が好きだって言った香りで……」

私の脳裏にはあの頃の藤城くんが思い浮かぶ。今もかわらず優しくて大好きな藤城くん。

これからは私のことを好きになってもらえるようにもっともっと頑張らないと。

「あっ」

間宮さんが鏡越しに何かを見て険しい顔になる。

「あの……さ」

声を出したのは間宮さんではなく、別の人間だった。私は聞きなれたその声に振り返る。

「この前はその……広報をバカにしてごめんなさい」

頭を下げていたのは総務の先輩2人だった。以前、この化粧室で間宮さんと言い合いを繰り広げていた先輩たちである。

しおらしく頭を下げた2人は私の方を向いて、

「木内さんがいなくなって総務もバタバタしててその……八つ当たりをしてしまってごめんなさい」

と消え入るような声で言った。多分、広報チームがクライアントを獲得したことや私と藤城くんが総務部のミスをカバーしたことでいつものように憎まれ口は叩《たた》けないんだろう。

お腹の中は何を考えているかわからないけど……。

間宮さんは真面目な顔で先輩2人を見つめている。

「あのね。やっぱり総務部には木内さんが必要かもって話しててね……ほら、すごく丁寧なお仕事してくれていたでしょう?」

「そんなっ」

私は思わず反論しようとした間宮さんを遮るように答える。

「私、総務から外してくれて今は感謝してるんです。だって、今は素敵なチームの一員になれたんです。ありがとうございます。お互い、別の部署になったけれど頑張りましょう」

本当はもっともっと言ってやりたいことがあったけど、この人たちに構っている暇はないのだ。私は先輩たちを見て堂々と笑顔で言ってやる。

「お世話になりました!」

私は本当に向き合いたい仕事を見つけて、ちょっとのラッキーで大好きな人の隣に座ることができるのだから。

チームミッション８　これからもずっとチーム！

朝早く、今日も俺は会社に向かっている。

夏が終わり、秋になる途中のこの季節が大好きだ。

お年寄りや犬の散歩をする奥さんたちを横目で見ながら歩く俺の鼻腔《びこう》にオレンジガムのような匂いがした。

「もう、そんな季節かぁ」

歩道沿いの大きな屋敷《やしき》の庭に咲く金木犀の花だった。オレンジ色の小さな花が大きな木いっぱいに咲いている。甘い香りに誘われるように俺は車道を横切ると花の香りを近くで楽しみパシャり。

超接写で撮ったオレンジ色の花を今日の投稿にしよう。エモい感じにちょい加工してみたり……。

俺は不意に木内《きうち》さんのことを思い出した。

木内さんから時折、金木犀の香りがすることが気になっていた。真夏でもつけるくらいだから香水が好きなんだろうか。

「柏木《かしわぎ》さん、金木犀って知ってる？」

「秋に咲く小さいオレンジ色の花でさ、オレンジガムの匂いがするんだよね」

俺の言葉に柏木さんは「ふふっ何それ」と吹き出した。

「甘い香りだけど、俺はちょっと懐《なつ》かしくて好きなんだ。学校の近くに金木犀の木があってさ、秋になるとそれだけを楽しみに通ってる節がある」

柏木さんは少しだけ悲しそうな表情で、

「秋までに体が良くなったら一緒に登校したいな」

「藤城《ふじしろ》くんの好きな香りならきっと私も好きだから」

もしかして、木内さん……。俺の好きな香りをずっと覚えていてくれたのかな。

俺はぎゅっと胸が締め付けられるような思いになって、そんなのは自分のうぬぼれだと邪《よこしま》な思考を振り払う。

木内さんには「お友達になろう」って言われたんだ。自覚しろ、藤城悠介《ゆうすけ》。


俺は会社に向かって足を進める。少しだけ涼しくなって散歩日和だ。もう少しすれば途端に寒くなって、一生家から出たくなくなるくらいなんだから少しでも運動しておかないと。

「いしやーきいも、おいもっ」

どこか懐かしい焼き芋売りの歌が遠くに聞こえた。

「もう秋かぁ」

間宮《まみや》さんは「食欲の秋です！」と意気込んでたからオフィスでもしばらくはおやつに困らないだろうなぁ。

なんて考えていたら手に持っていたスマホがブルブルと震えた。着信は間宮さんだ。朝っぱらから何かあったんだろうか。

「もしもし、間宮さん。どうかしましたか？」

電話越しの間宮さんはやけにウッキウキで、

「藤城さん、出社はまだですか？　手伝ってほしいことがあるのでついたら撮影部屋に来てくださいね！」

と一方的に俺に用件を伝えると電話を切ってしまった。

なんだろう？　撮影部屋にいるってことは木内さんとのゲーム企画かな？

俺はちょっと不思議に思いながらも会社へと向かった。


会社へ着いてすぐPCをもって俺は撮影部屋へ向かった。撮影部屋のドアには「撮影中」の張り紙がしてあり関係者以外は開けられないようにしてあった。

来いって言ってたし俺は開けてもいいよな？

（まてまて、着替え中だったらやばいからノックノック）

俺は過去の失敗を思い出さないようにしながら扉をノックする。

「藤城です」

名乗るとドアの奥から、

「藤城さん！　どうぞ！」

という間宮さんの声と、

「藤城くん！　助けて！」

という木内さんの悲鳴に近い声が聞こえた。

「どうした……って、えぇ～～！」

反射でドアを開けてしまった俺の目の前に飛び込んで来たのは……。

メイド服に身を包んだ可愛《かわい》らしい間宮さんと、そんな間宮さんに半分スーツを脱がされかけた木内さんだった。

「藤城くん、間宮さんをとめて～！」

木内さんが必死の抵抗をしながら俺に目で助けを求めてくる。間宮さんはアキバのメイドさんも顔負けの可愛いメイド服で木内さんにも衣装を押し付けている。

ちょっとエッチな感じの黒とピンクの衣装……。

「魔法少女サナベル！」

間宮さんが手に持っているのは魔法少女サナベルのあの衣装だった。

「こんなの見えちゃうじゃないですかっ」

「ゲーマーOLのハロウィン企画ですよっ！　私も出演するんですっ、ひと肌脱いでもらいますよ～！」

間宮さんはサナベルの衣装をもって木内さんを追いかけ回している。

「藤城さん！　ご協力お願いします！」

メイド服の間宮さんは俺の両手をとって撮影部屋へと引き込む。木内さんは部屋の端っこで小さく丸くなって拒否していた。

「ま、間宮さん……？」

「藤城さん、似合いますか？」

間宮さんはふわふわのスカートをプリンセスのように広げるとくるくると回ってみせた。上品なタイプのメイド服で胸元は大胆なハートエプロンのデザインになっていて刺激が強い。

「見てくださいっ、戦うメイドさんなんですよ！」

間宮さんは上品で長いメイド服のスカートをめくり上げて太ももをちらり。白いニーハイソックスからガーターベルトが覗《のぞ》き、そこにはモデルガンが太ももに巻き付けられていた。

「え？　あ、ハイ」

俺は目をそらしながら間宮さんがスカートを元に戻すのを待つ。朝から刺激が強すぎるんだよ！

「実はもうすぐハロウィンじゃないですか」

間宮さんはいたって真剣な顔でサナベルの衣装をひらひらしながら俺に見せた。

「そうっすね」

「最近人気のゲーマーOLの企画でコスプレゲーム実況をしようということになりまして……今は衣装を選んでいたところなんです」

なるほど。

「でもなんでサナベルなんです？」

「藤城さん、魔法少女サナベルをご存じなんですか？」

「そりゃ、一応子供の頃に流行《はや》ってましたから……」

間宮さんは一旦サナベルの衣装を置くと、ゲームソフトの方を手にとって俺に渡してくる。

「魔法少女サナベルのRPG？」

「はいっ、ですからハロウィンで木内さんにサナベルになっていただけたらバズること間違いなし！　と思いまして……。藤城さんも見たいですよね？　木内さんのサナベル」

木内さんは涙目で縮こまっているが……、いやその単純に間宮さんの考えた企画はめちゃくちゃいいと思う。

コスプレをすることで様々なゲームやアニメとの親和性もよくなるし、実写でコスプレをしながらゲームをやるっていうのは人気のコンテンツだし……。

（いや、木内さんのコスプレが見たいとかそういうんじゃないぞ！）

「1回着てみてから考えてみるのはどうだろう？」

俺の言葉に木内さんが「うぅ」と小さく唸《うな》ると間宮さんの近くにあった魔法少女サナベルの衣装を持ち上げた。

「ふ、藤城くんが言うなら……」

木内さんは重い腰をあげると衣装を持って試着ルームへと入って行く。試着ルームといってもカーテンで区切っただけの小さなスペースだ。

「間宮さんも一緒にやるんですか？」

メイド服にも見慣れて来て俺は普通に質問をする。間宮さんって陽キャっぽいからコスプレとかそういうのは好みじゃないかもと思ってたけど意外と好きなのかも。

見えないところまでこだわっているからな……。

「はいっ、ハロウィン企画では『魔法少女サナベルのＲＰＧを自社の広報に教えてみた。』という企画でやるんです」

なるほど、ゲームが得意な実況者がゲームに詳しくない女の子を呼んで教えてあげる企画はあるあるだよな。

いや、間宮さんがゲームしているところちょっと見たいかも……。

「顔出しはしないのでえっと、首から下だけが出演予定です。ですから可愛いメイドさんですっ」

間宮さんはメイド服がかなり気に入っているようで、胸元を直したり、首のチョーカーを触ったり……、ってあんましジロジロ見ちゃダメだぞ俺。

「可愛いですか？」

突然の必殺上目遣いに俺は脳が焦げるかと思う。

ハイ、めちゃくちゃ可愛いです。

「お、お似合いだと思いますよ、可愛いと思います」

「ふふふっ、ありがとうございます、ご主人さまっ」

シャレにならないです間宮さん……。ヲタク男子を絶対に殺すこのシチュエーション、だめだ藤城。これは仕事だ。仕事。

「き、着替えたよ」

木内さんの声に、俺と間宮さんは試着室の方を見る。

「き、木内さん……？」

サナベルの結構過激な格好だった。マイクロミニスカートに胸元はハートに切り抜かれて豊満な谷間が……。

木内さんは胸を隠すように両手をクロスさせ、マイクロミニスカートで恥ずかしいから足をもじもじと擦り合わせている。

「に、似合うかな……」

真っ赤な顔で俺の方によってくる木内さん。間宮さんは木内さんのあまりのセクシーさに「はわわわわ」と顔を真っ赤にしている。

「藤城くん」

木内さんが胸元でクロスしていた手を外して俺の両手を掴《つか》む。俺の目の前には真っ赤な顔の木内さんと豊満すぎる胸元。

溢《こぼ》れそうな二つの果実がぷるんと揺れて俺は思わず目をそらす。

「さっき、間宮さんには可愛いって言ってた……、私はどう……？　が、頑張ったんだけど……」

あまりにも近すぎて声が出ない俺を見て木内さんが頬を膨らませる。

「すごくか、可愛いと思います……」

「あっ、ずるいっ」

間宮さんが木内さんに張り合って俺の手を握ってくる。間宮さんは眉尻をきゅっと吊り上げてまるで嫉妬している彼女みたいな表情で口を尖《とが》らせた。

俺の目の前にはメイドと魔法少女。しかもちょっとエッチで童貞男子には刺激の強い光景。

「藤城さんっ」

「藤城くんっ！」

2人の声がハモる。

「どっちが可愛いですかっ！」

プシューと音を立てて俺の脳がショートする音が聞こえた。

エピローグ

木内《きうち》さんが正式に広報部のメンバーに異動になって、俺は間宮《まみや》さんと木内さんに挟まれる形になった。

「おはようございます！」

今日も華やかな間宮さんはコーヒーショップの紙袋を片手にデスクにやってくる。間宮さんの美しさに会社中の人が注目している。

「藤城《ふじしろ》さん、木内さん、おはようございます。コーヒーの差し入れですよ～！」

「あっ、ありがとうございます」

「ありがとうございます」

それは後輩の仕事なんじゃ……と思いつつ俺はコーヒーを受け取る。木内さんも間宮さんにお礼を言いながらコーヒーを受け取るとカップに口をつけた。

「藤城さん、今日お付き合いいただきたいお店があるんですけどいかがでしょう？」

間宮さんは席に座ってコーヒーを飲みながら俺の方を見つめてくる。今日は水曜日、ランチの企画だろうか？

「はい、いいですけど……何を食べるんです？」

「個室でゆっくりできるオーガニックサラダがメインのお店で……カップルがデートするのに映《ば》えるって話題になっていたんです」

そ、それはオフィスワーカーのランチで紹介するもんなのか……？

「私があーんしてあげますからね～」

「え、えぇー」

1人で盛り上がる間宮さん。俺は断るべきかどうしようか迷っていると……、ぐいっと俺の肩を後ろから木内さんが摑み、

「私もご一緒しますっ」

と謎の張り合いをみせる。

「え、ええ？」

間宮さんはぐいっと椅子ごと俺に近寄ってくると困惑する俺の腕をぎゅっと抱きしめ、ぷくっと頰を膨らませる。

「今日は私が藤城さんを独り占めするんですぅ、昨日は木内さんゲームしててずるかったし」

会社で久々に聞いたぞ「ずるい」って。子供か……。って、なんで俺がこの2人に取り合われているんだよ！

いつもは大人しい木内さんまで最近ちょっと様子がおかしい。間宮さんに張り合うようにぐいぐいと迫ってくる。

でも、木内さんと間宮さんが楽しそうならいいか。

「さ、仕事しますよ。2人とも」

俺はPCを開いてスケジュールを開く。社内エンジニアとして入社した俺のスケジュールにはキラッキラの広報部の予定が詰まっている。

冴《さ》えない陰キャ社会人の藤城悠介《ゆうすけ》は、うるさいけどちょっとだけ充実したオフィスライフを送っている。

友達すらできなくてぼっちで絶望していた学生時代の俺に言ってやりたい。社会人になった俺は超美人な友達が2人できて、最高な生活を送ってるぞ。

「藤城さん、ちょっと教えてほしいんですけど……」

間宮さんがツンツンと俺の腕をつつく。

「どうしました？」

「PCがつかなくって」

間宮さんは慌てた様子でブラックアウトしたPCを触っている。

「あっ」

俺の声に間宮さんが手を止めてコチラを覗《のぞ》き込む。今日も間宮さんの顔がいい。

「電源コードが抜けちゃってますね」

電源繋《つな》がってなけりゃスイッチも入りませんわ……。俺が「壊れてないですよ」と言うと間宮さんはみるみる顔を赤くし恥ずかしそうに目をパチクリさせた。

「間宮さん、このコーヒーは経費で落ちませんよ」

いいタイミングで木内さんが領収書を見ながら言った。氷の女王復活である。

「ええ、なんでですかぁ」

「これは私用じゃないですか。写真、撮ってませんし」

「あっ、忘れてた！」

てへっと舌を出した間宮さんに俺と木内さんは目を合わせて笑いあった。

ぽんこつかわいい先輩とのオフィスライフに心強い仲間が加わって、俺のオフィスライフはさらに明るくて楽しいものになったようだ。

あとがき

みなさまお久しぶりです。小狐《こぎつね》です。

ぽんこつかわいい間宮《まみや》さん１発売から約３ヶ月……。第２巻をみなさまにお届けすることができました！

お手に取っていただけてとても光栄です。かわいいヒロインたちをご堪能《たんのう》いただけたでしょうか。

ＳＮＳやブログなどにみなさまが書いてくださっている「ぽんこつかわいい間宮さん１」のレビューはすべて目を通しています！

作者は初めての出版の後、実際に読者のみなさまのレビューや感想に触れてみてとても勉強になったと同時に嬉《うれ》しかったです。本作もぜひたくさんのお声を聞かせてくださいね！

感想といえば……１巻の反響でも「木内《きうち》さんも気になる！」というものをよく見かけました。

今作のメインヒロインは木内さん。ウェブ版でも人気が高かったヒロインですね。作者も実は「幼馴染《おさななじみ》推し」だったりします。幼馴染って無限の可能性を秘めていますよね！最高！

木内さんはヒロインの中でも間宮さんと対照的な存在として位置しています。間宮さんが太陽なら木内さんは月……みたいな感じです。

超ポジティブな間宮さんに対して木内さんは１巻から後ろ向きで藤城《ふじしろ》との様々な過去を持つキャラクターでした。

本作では間宮さんと主人公のオフィスライフを描きつつも、ちょっとだけネガティブで幸薄なヒロインの木内さんが間宮さんに影響されて前向きになっていく物語になっています。

さて、今回も主人公（読者のみなさま）がドキドキするようなシチュエーションが盛りだくさんです！

間宮さんは前回にも増して主人公好き好き！ですし、控えめな木内さんも珍しくグイグイ迫ってきます……！

一緒にランチをしたりデートをしたり、間宮さんとはお風呂《ふろ》も？　相変わらずぽんこつな間宮さんですがとってもかわいくてちょっとセクシーなところも見せてくれていますよ！

作者のお気に入りのシーンはウェブ版でも人気の高かった「うどん」をする間宮さん。うどんに限らず麺類を食べている時の女の子ってすごく魅力的で可愛《かわい》いと思いませんか？

みなさまも是非、オススメのシーンを見つけてたくさんつぶやいてくださいね！

そして今回も超超超素敵なイラストが盛りだくさんです！　おりょう先生が描いてくださったオフィスラブコメならではのほろ酔いな表情のカバーイラストや、かわいいネコチャンたちと戯《たわむ》れる猫耳ヒロインの口絵はもう鼻血もんですね！

作者もイラストを見せていただいたときに可愛すぎて鼻血が出ました（ガチ）

挿絵も可愛いものばかりですので、みなさまもあとがきを読み終わったら挿絵をもう一度見に行ってください、控えめに言っても神作画です！

ここでみなさまにお礼を申し上げたいと思います！

イラストを担当してくださったおりょう先生。１巻発売から３ヶ月という過密なスケジュールにもかかわらずハイクオリティーで超絶可愛いヒロインたちを描ききってくださりありがとうございます！　なんど見ても可愛すぎてニマニマしてしまいます！

今作も引き続き担当してくださった担当編集様。販促活動に加え様々なアドバイスや提案とっても助かりました！　ありがとうございました！

個人的には１巻を制作している時から「お風呂シーンいれたいねぇ」と担当編集様と話していた場面が実現できてちょっと嬉しかったです。やっぱりお風呂シーンは最高ですね！

校正担当者様、いつも校正作業をしていると「知らなかった」という驚きの連続で大変勉強になります。丁寧で熱い校正をありがとうございました！

改めまして、本作の制作に関わってくださった全てのスタッフのみなさま、そしてウェブ版、書籍版１巻から応援してくださっている読者のみなさま、２巻も世に出すことができて作者はとても幸せです。ありがとうございました！

お便りはこちらまで

〒一〇二-八一七七
ファンタジア文庫編集部気付
小狐ミナト（様）宛
おりょう（様）宛

富士見ファンタジア文庫

ぽんこつかわいい間宮《まみや》さん2
～社内《しゃない》の美人広報《びじんこうほう》がとなりの席《せき》に居座《いすわ》る件《けん》～

令和４年７月20日　初版発行

著者――小狐《こぎつね》ミナト

発行者――青柳昌行
発　行――株式会社KADOKAWA
〒102-8177
東京都千代田区富士見2-13-3
0570-002-301（ナビダイヤル）
印刷所――株式会社暁印刷
製本所――本間製本株式会社

ISBN978-4-04-074658-6 C0193 ◇◇◇

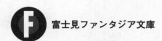

学校……
じろじろ見ないで
【朗報】
俺の許嫁になった地味子、
家では可愛いしかない。
秘密の結婚生活《ラブコメ》！

切り拓け！キミだけの王道
ファンタジア大賞
原稿募集中！
賞金
《大賞》300万円
《金賞》50万円
《銀賞》30万円
選考委員
細音啓「キミと僕の最後の戦場、あるいは世界が始まる聖戦」
橘公司「デート・ア・ライブ」
羊太郎「ロクでなし魔術講師と禁忌教典《アカシックレコード》」
ファンタジア文庫編集長
前期締切 8月末日
後期締切 2月末日
公式サイトはこちら！ https://www.fantasiataisho.com/
イラスト／つなこ、猫鍋蒼、三嶋くろね